# ある日の、あのタクシー

広小路 尚祈
Naoki Hirokouji

桜山社
SAKURAYAMA SHA

# ある日の、あのタクシー　目次

# お伊勢さんと鳥羽さん

【伊勢・志摩】

今日は夕方まで、貸し切りの予約が入っている。観光のお客さまもさほど多くないシーズンに、ありがたいことだ。感謝、感謝。

ホテルのフロントにお客様の名前を告げて車に戻り、後部座席のドアの前で待機する。やがて熟年のご夫婦が玄関を出てきた。「お待ちしておりました。佐藤さまですね?」と声を掛け、キャリーケースやボストンバッグを受け取って、トランクに積む。ドアを開けてお二人を後部座席へ案内し、運転席に乗り込む。

まずはご挨拶から。

「ご利用ありがとうございます。私、伊勢交通の矢形と申します。今日は一日よろしくお願いいたします」

「こちらこそ。佐藤です。よろしく」

やわらかいイントネーション。東北地方の訛りだろうか。単なるイメージの問題なのかもしれないが、このお客さん、いい人そうだ。方言というのは、いいものだな。

「今日は神宮をお参りして、夕方には賢島のホテルへと聞いておりますけど、どこか途中でお寄りなりたいところはありますか?」

「いやあ、なんも決めてね。これがお伊勢参りをしたいって、昔からしゃべってたはんで、思い切って出かけてきただけで。もしよがったら運転手さん、色々案内してけねか」

「わかりました。それではまず外宮へお参りして、その後内宮へ、という形でよろしいですか?」

「んだの。へば、そんで」

外宮へ向かってタクシーを走らせる。このホテルからなら、十分もかからない。走り慣れた道だが、油断は禁物だ。慣れた道だからこそ、安全運転で。

江戸の昔から、観光客の多い町だ。現代では他県のナンバーをつけた車も多い。他県からやってくる車は、この町の道路に不慣れだから、道に迷ったり、道路脇の看板に気を取られて急に減速をしたり、なんてことが結構ある。これは伊勢の町に限らず、観光客の多い町どこでも同じなのだろうが、そういった車に対する注意も必要だ。

なんてことを考えているうちに外宮に着いた。オフシーズンの平日。この時間。駐車場に困ることはない。外宮の敷地内と、道を挟んだところに駐車場があるが、どちらも近い上に、内宮に比べて駐車場の回転率も高く、大体どこか空いている。駐車料金は二時間まで無料。まあ、二時間もあれば、よほど丁寧にお参りしても大丈夫だ。

「こちらが外宮です。ご案内しましょうか？」

「いいよ。運転手さんはここで待っててくれれば」

「そうですか。それではこちらでお待ちしております」

車を降りて、お二人を見送る。観光でいらしたお客様へのサービス向上のために、会社でも研修を受けており、一通りの観光案内はできるのに、そうですか、案内いりませんか。

いい天気だ。夕方まで貸し切ってくれるありがたいお客さんだからこそ、こんな風にのんびりしていていいのかな、という気持ちもより一層強くなるもの。じっとしていられず、トランクから毛ばたきを出してボンネットを撫でてみるも、朝車庫を出たばかり。交代のたびに洗車をするルールなので、車はピカピカ。毛ばたきでボンネットを撫でたところで、変化はほとんど感じられない。

待つのもタクシードライバーの仕事である。しかし、駅のロータリーでお客さんを待っているときや、車庫で配車を待っているときとはわけが違う。貸し切りは時間制だから、こんな風にぼんやりしている間にも、料金が発生しているのだ。ホテルから十分足らず走って、すぐ休憩。こんなうまい話が、この世にあっていいのだろうか。

特に外宮は市街地にドーンとあるから、伊勢市駅からも宇治山田駅からも近く、非常に交通が便利。おまけに外宮前というバス停もあって、そこからは内宮までのバスも出ている。だから何もタクシーを貸し切りにしなくとも、ここまでタクシーなりバスなり電車なりで来て、外宮にお参りした後は内宮までバスで行って、という方法も取れるのだ。内宮の前には大体いつもタクシーがいるし、貸し切りにする場合は基本的に予約をしていただくようにはなっているけれど、台数の限られたジャンボタクシーでもない限り、その場でドライバーに話をすれば、会社に連絡の上、貸し切りに出来ることが多い。事前に予約をしていただくにしても、会社の営業範囲内であれば、お迎えの場所や時間は自由に指定していただけるので、朝から貸し切っていただく場合より、随分料金を節約できる。

それでも朝から貸し切りにしていただけるのは、知らない町で、バスや電車の経路や、かかる時間を調べたり、充分調べたつもりでも、乗り場がわからず迷ったり、なんてことを煩わしいと感じるお客さまが一定数いらっしゃるからだろう。特にお金にある程度の余裕がある方なら、せっかくの旅行なのだから、面倒なことはタクシードライバーに任せてしまったほうが気楽でいい、というように考えるのではないだろうか。

懐事情や考え方は人それぞれだし、納得をして利用していただいているのだから、私が余計なことを考える必要はないのだけれど、結構な料金を支払っていただくのだから、それに見合ったサービスを提供したいものだ。

そんなことを考えながら、車の周りをうろうろしていると、予想より早くお客さんは帰ってきた。いそいそとドアを開けて、お客さんを車内へご案内する。

「いかがでしたか?」

「いやあ、もう、なんか素朴な感じなんだばって、神聖な感じもするってか、なあ?」

「んだの。遠くから来たげえがあった」

「それは、それは。では、内宮へ向かいますね」

「よろしく」

静かに駐車場から車を出す。それも普段より注意深く、そっと。これは私なりの流儀。お伊勢参りのお客さまをご案内するときには、いつもこうしている。参拝を終えたお客さまの、静かな気分を壊すことなく、外宮と内宮をつないで差し上げよう、そんな思いを込めて。なるべく余計なことも話さないよう気をつけている。これもやはり同じ理由からだ。もちろん、お客さまから積極的に話しかけて来られた際には、愛想よく応える。旅の味わい方、楽しみ方は人それぞれ。無理にこちらの流儀を押し付ける必要はない。

「そういえば運転手さん、内宮の近くには、たげ賑わっている町があるみだいだね」

「ございますよ。食事のできるお店や、お土産ものを売っているお店、この辺りの歴史や文化を感じられる施設もあって、とても賑わっています。江戸時代さながらに、と言いたいところですけど、江戸時代の様子を見たことはないのでね、本当にそうなのかはわかりませんけども」

「ははは。そらそだ。んでも、楽しそうなとこだな。そこに寄ってもらうことは出来ねえだろうか？」

「それでしたら、通りの入り口に近い駐車場に車を入れて、門前町を抜けてお参りという形はいかがです？ 少し歩いていただくことになってしまいますけど」

「いや、むしろ歩きたいぐらいだよ。なあ」

「そだの。楽しそうだものな」

「承知しました」

県道32号を南へ、そのまま道なりにしばらく車を走らせ、宇治浦田東の交差点を左に入る。

私の狙い通りに、内宮Ｂ４駐車場に車を入れられた。

内宮周辺には、市営の駐車場がいくつもあるが、大きくＡエリアとＢエリアに分かれている。Ａエリアは内宮の入り口にかかる宇治橋の近くにあり、お参りには便利だが、収容台数がＢエリアに比べると少なく、早い時間に満車になってしまうことが多い。Ｂエリアは、収容台数が多い上に、おはらい町通りの入り口近くにあるので、町の賑わいを楽しみながらゆっくりとお参りがしたい場合は、こちらが便利だ。

「到着しました。あちらの地下道をくぐっていただくと、参道に入れますので」

「そうですか。ありがとう。んで、案内ってしてもらえるんだろか？」

地下道の入り口を手で示しながら案内をすると、ご主人が申し訳なさそうにそう言われた。

「はい、もちろんですよ」

「悪いね、運転手さんだのに」

今度は奥様が申し訳なさそうに。申し訳なさそうなお顔を見るのが、申し訳ないような気がした。こちらとしてはむしろ、案内をさせていただきたいぐらいなのに。

「いいえ、それも仕事のうちですから。喜んでご案内をさせていただきます」

車を降りて、お二人を地下道へとご案内する。階段を下って行くと、左右の壁沿いに並んでいる屏風絵を見て、ご主人が「ほう」と感心したような声をもらした。

「左右に並んでいるこの屏風絵たちは、門脇俊一という浮世絵師が描いたものを、陶板に写したものです。昔の様子がよく描かれていますでしょう？」

「元の絵は、江戸時代に描かれたんですか？」

奥様から、そんな質問が。お二人とも、この屏風絵たちを気に入られたのか、熱心に見入っている。

「門脇俊一は大正二年の生まれで、現代の浮世絵師、昭和の浮世絵師、と呼ばれていた人なので、そんなに古いものではないですね。これが描かれたのはたしか、昭和四十八年だったかと」

「へえ、そうなんだが。たけ楽しい絵だね」

「んだな。にぎやかな感じがな」

これはあくまでも私の個人的な意見なのだが、お伊勢参りの一番の見どころは、昔も今も「にぎわい」なのではないだろうか。にぎわいは、単なる混雑とは大きく違う。やや乱暴に説明するとすれば、にぎわいとは、混雑に楽しさや喜びが含まれたもの、ではないだろうか。今も昔も人々はそれを求め、愛しているように私には思える。この屏風絵にも当然そんな「にぎわい」そのものが、見事に描かれている。

屏風絵たちを眺めながらゆっくりと進み、おはらい町側の階段を半分ほど上ったところで、奥様が足を止めて「あらあ」と声を上げられた。

「どうすた。急に声出して」

「こっだところに、ハート型の石があるじゃ」

「よくお気づきになられましたね。この石はわざわざ削ったものではなくて、自然にこうなったものらしいですよ。それをここの工事をされた職人さんが、遊び心でこっそりと埋め込んだそうで。縁結びに効果があるとか、パートナーと一緒にご覧になると、愛が深まるとか、色々言われていますね」

「そいだば、おれたちの愛情も深まってしまうかもな」

「いやだあ」

「いやでねだびょん。今年でおれたち、金婚式だぞ。冷たいことしゃべるなよ」

「いやだよお、めぐせでねえの」

「照れることねべな。こった年なのに」

やっぱりこの石、ご利益ありそうだな。

地下道を抜けて参道に入る。平日の午前中とはいえ、それなりに観光客の姿はある。にぎわいを堪能するならば、やはりお正月、そうでなくても土日祝、平日であってもせめて観光シーズンに。ただ私は、今日のように少し静かなこの通りも好きだ。ハレとケ、しかし、ハレでケ。ハレでありながらケ。いつもハレっぽい場所のケ。にぎわいの隙間。

私は一体何を言いたいのだろう。そうだ、案内をしなければ。

「この辺りをおはらい町といいまして、この石畳の通りが大体八百メートルぐらい続いています。真ん中辺りにはおかげ横丁と呼ばれる一角もありまして、そちらにもいろんなお店や、歴史を感じられる場所が集まっています」

「たいしたもんだな。さすがお伊勢さまだ」

ご主人が感心したようにつぶやかれた。奥さまもあちこちを見回しながら、楽しそうにしていらっしゃる。その様子に、私は少し安心した。お二人はきっと、喜んでくださっている。ああ、これもお伊勢さまのおかげだ。おはらい町通りやおかげ横丁で、日々にぎわいを演出してくださっている、皆さまのおかげだ。

伊勢のタクシードライバーは恵まれていると、私は日々感じている。なぜなら、お伊勢さまという、絶対的な存在があるからだ。世の中には、「がっかり名所」と呼ばれる場所があちこちにある。もし、そんな名所がある町でタクシードライバーをしていたら、どんなに丁寧にご案内をしても、どんなに安全運転をしても、お客さまのがっかりした顔を、頻繁に見なくてはならなくなるだろう。まったく、ありがたいことだ。

「運転手さん、この通りには、伊勢うどん、って看板やのぼりの出ている店が多いけども、あれってどんなものだべか？」

とあるお店の看板を指差しながら、ご主人が。とうとう来てしまったか、この時が。

伊勢うどんは間違いなく美味しいものだけれど、ある一定数の方の好みに合わないことがあるようで、なかなかに難しいのだ。というのも、人というのは、イメージで食事をすることが多い。だから、うどんを食べたいと思って、伊勢うどんを食べた時、その人のイメージするうどんとの相違に、「えっ」となることが稀にあるのである。

頭というか、味覚というか、食に対する考え方が柔軟な方なら、イメージするうどんと違っていたことを、食に対する好奇心や驚きといった感情から、プラスに受け取ってもらえるのだろうけれど、食に対する考え方が保守的な方からは稀に、「これはうどんじゃない」みたいなことを言われることがある。特に讃岐うどんのチェーン店があちこちにあふれ、流行している昨今、「コシの強いうどんが、うまいうどん」みたいな風潮が、世の中に広まっているような気がする。讃岐うどんの場合はたしかにコシの強さやシコシコした食感が特徴だけれど、伊勢うどんの場合はやわらかさやもちもちした食感が特徴。すなわち、おいしさの方向性がまったく逆なのである。

「伊勢って名前がついているぐらいだから、きっとここの名物だね。お参りが済んだら食べてみるべよ」

うわあ、奥様まで。

「んだな。運転手さん、うめえ店、知ってねが？」

「それはまあ、地元の人間ですので」

「そいだば、お参りが済んだら、連れてってけねかな」

「かしこまりました」

お伊勢参りはこの地域の観光における、定番中の定番。慣れているので、その後も案内は普段通りスムーズに出来たが、その間もずっと、伊勢うどんへのプレッシャーに押しつぶされそうになっていた。

私も伊勢の人間だ。伊勢を代表して、伊勢うどんの魅力をこのご夫婦にきちんとお伝えしなくてはならない。名物にうまいものなし、と言うけれども、伊勢うどんにこれは当てはまらない。地元のスーパーでも当たり前に売っていて、地元の人間にも人気がある。私自身もありとあらゆる麺類の中で、伊勢うどんが一番好きだ。伊勢うどんはうまい。うまい。うまい。

しかし、しかし……。

お参りを終えて、おはらい町の通りを駐車場まで戻る。ここは伊勢。うどんの他にも名物は多い。たとえば、伊勢海老。おはらい町にも伊勢海老を食べられるお店はある。あるいは、てこね寿司。もちろんそれを食べられる店も、この近くに何軒もある。伊勢の名物ではないけれど、松阪牛はどうでしょう。松阪の名物だけれども、伊勢と松阪はまあ、近所でしょう。ほら、あそこにも松阪牛の握り寿司を売る店が。ああ、そうやそうや、伊勢の名物、赤福餅もええじゃないか。うん、ええよ。ええけどな、これはおやつ、もしくはデザートやな。

ダメや。逃げたらあかん。お客さまは、伊勢うどんを食べたがっているのや。うどんで勝負せな。私も伊勢の人間や。伊勢うどんは、伊勢の誇りや。その魅力をお客さまにきちんと伝えるのが、私の使命やないか。

腹を決めて、駐車場から車を出した。車を宇治山田駅方面へ走らせる。

「これからご案内するうどん屋さんは、大正六年創業の、地元で長く愛されているお店です。ところで、伊勢うどんがなぜ、伊勢うどんと呼ばれるようになったかご存じですか？」

「それは、伊勢のうどんだから、伊勢うどんなんでねえか？」

なぜ、そんな当たり前のことを聞くのだ？　とでも言いたげにご主人が。まあ、そんな反応も当然か。

「そうですね。伊勢のうどんだから伊勢うどんなんですけど、昭和四十年代ごろまではただ単に、うどんと呼ばれていたようなんです。ところで、永六輔さんってご存じですか？」

「知ってるよ。昔、せきや痰を鎮める、なんとかいう飴のコマーシャルに出てた人だろう？」

「父さん、もうちょっとマシなことしゃべれじゃ。永六輔さんっていえば、『上を向いて歩こう』とか、『見上げてごらん夜の星を』とか、『黒い花びら』とか、『こんにちは赤ちゃん』とかさ、いい歌の作詞をたくさんした人でねえの」

「さすが、奥さま。よくご存じですね。その永六輔さんが伊勢にいらしたとき、ここ伊勢の独特なうどんを気に入って、その後ラジオや著書で『伊勢うどん』として紹介してくださったのですが、それを知った当時の麺類飲食業組合の組合長さんが、地元でも『伊勢うどん』という呼び方に統一しよう、と組合に提案をして、この呼び名が定着していったようなんです」

「へえ、永六輔さんが名づけ親なのか」

「そういうことになりますね。今向かっているのは、永六輔さんがその時うどんを召し上がられたお店なんですよ」

まずはこんなところでいいだろうか。大正時代より長く地元で愛されているお店。永六輔さんも気に入られたという味。これらの事実は、お口に合うか、合わないか、という問題はさておき、伊勢うどんの持つ、料理としてのポテンシャルの高さを証明しているのではないだろうか。

「こちらのお店です。駐車場がありませんので、私は近くでお待ちしておりますね」

「そんなこと言わねえで、運転手さんも一緒さ食うべよ。ご馳走するはんで」

「そうだよ。どこか、車を置けるところ、ねえの？」

「ちょっと歩いたところに、時間貸しの駐車場がありますが」

「んだば、そこに車入れてこい。おれたちは中で、席取っておくはんで」

「そうですか。では、お言葉に甘えて」

お二人からの、ありがたいお申し出。私はお店の前でお二人を降ろし、近くの駐車場に車を入れて、急いでお店に戻った。

「ああ、こっちだ、こっちだ」

ご主人の手招きにしたがって席に着くと、すでにメニュー表を手にしていたご主人から、すぐに質問が飛んできた。

「どれが、おすすめだべか？」

「そうですね、私のおすすめは、月見か、山かけですね。伊勢うどんにはたまりをベースとしたたれがかかっているので、卵やとろろとの相性がいいんですよ。特にこのお店のたれは、出汁がよくきいているので、たれをそのまま卵やとろろと混ぜて、ご飯にかけるだけでも美味しいんじゃないか、と思います。ご飯のついている定食があるんですが、私はうどんを食べた後に残ったたれを、ご飯にかけて食べちゃうんですよ。これがうまいんだなあ」

「この、肉伊勢うどんというのは、どうだろうか」

「肉うどんも美味しいですよ。ただやはり、肉うどんにも卵がおすすめです。この、月見肉伊勢うどんというやつですね」

「んだば、おれは月見肉伊勢うどんにするか」

「わたしは山かけ伊勢うどんにすべかな」

「それじゃ私は、月見伊勢うどんで」

店員さんに注文を告げて、店内を見回す。いつ来ても落ち着く店内だ。都会から来た若い人ならば、「レトロ」もしくは「ノスタルジック」といった印象を抱くのかもしれないけれど、昔から時々来ている、私のような地元のおじさんからすれば、見慣れた光景でしかなく、珍しいとも懐かしいとも感じない。ただ、もし無くなってしまったら寂しいな、とは思う。変化の激しい世の中にあって、いつまでも変わらない場所というのはいいものだ。変化や進歩の裏には、必ず喪失がつきまとう。そして一度失ったものを取り戻すのは、極めて難しいこと。

そんなことを考えているうちに、うどんが運ばれてきた。

「これが伊勢うどんか。随分太いんだな」

「そうだねえ。本当にたれがかかっているだけで、汁がないんだねえ」

「伊勢うどんの特徴は、この太さとこのたれ、そしてやわらかさなんですよ。たれと麺をよく絡めてお召し上がりください。先ほど私は、残ったたれをご飯にかけてしまうと言いましたけども、たれが残らないほどよく絡めて食べるのが一番おいしい、と言われる方もいますね。月見や山かけにすると、たれが少しマイルドになりますから、思い切り絡めていただいても、味が濃すぎるなんてことはないかと思いますので、どうぞ、ご存分に。お好きでしたら、唐辛子を足していただいても、おいしいですよ」

私が説明を終えると、お二人はどんぶりの中でうどんをよくかき混ぜて、口へと運ばれた。緊張の一瞬だ。

「うん、うまい。このたれ、もっとしょっぱいかと思ったんだけど、案外甘いんだな。いい塩梅だ」

「麺も、もちもちしてておいしいよ。珍しいな、こったふうなうどん」

「んだな。こったうどんは、多分伊勢でしか食べられないな。いやあ、珍しいもの食べた」

どうやら気に入っていただけたようだ。よかった。本当によかった。

うどんを食べ終え、お店の外へ。駐車場からお店の前へ車を回す。お二人を車内へ案内したところで、次の行き先をまだ決めていないことに気がついた。

最初にご予定を聞いた時点で、お二人は行くべきところを何も決めておらず、色々案内をしてくれないか、と言われている。伊勢うどんの件で安心している場合ではない。どこへ行くかは私に任されているとしても、どのような旅をしたいかは、お客さまそれぞれ。まずはご希望をうかがって、だな。

「これから賢島方面へ向かいますが、どこかお寄りになりたいところはありますか？」

「特にねえけどな。運転手さんに任せるわ」

「そうですか。では、こんなことがしたい、ってご希望はありますか？　たとえば、途中に鳥羽という町がありますが、そこの水族館は有名です。結構大きいですし、珍しい生物やアシカのショーなんかも」

「水族館か。実はおれ、漁師でよ。毎日嫌というほど魚を見ているから、旅行に来てまではな」

漁師さんなのか。海の生物に興味がないことはないのだろうけども、たしかに旅行中は仕事を忘れたいのかもしれない。ということは、海沿いの、景色がいい場所にお連れしても、「海なんて見飽きてるよ」なんて言われてしまうかも。

これは難題だぞ。これから賢島に向かう途中にある観光名所は、海との関係が深いところばかりだ。しかし、海のそばで暮らし、海で仕事をしている方にとっては、海が一番落ち着くところなのではないだろうか、とも思う。一日海を見なかったら、なんだか調子が出ないなんてことも、もしかしたらあるかもしれない。というか、海をまったくお見せせずに、途中観光をしながら、賢島までご案内するのは難しい。山へ行こう、なんて伊勢志摩スカイラインで朝熊山の展望台に寄ったとしても、結局海を眺めることになってしまうし。ということはだ、海は海でも、これから走って行く、伊勢、鳥羽、志摩らしい海をご案内するしかないのではないか。

観光というのは、珍しいものを見に行くもの、と考えるのは、いささか乱暴だろうか。しかし、そう考える人も、多いような気がする。珍しいもの、珍しいもの……。

「あの、真珠にご興味はないですか？」

私がそう言うと、奥さまの目がきらりと輝いたように見えた。

「真珠ってきれいだよねえ」

奥さま、そうですよ。真珠はきれい。美しい。

「ご存じかもしれませんが、賢島へ向かう途中にある鳥羽は、真珠の養殖発祥の地なんですよ。ご主人さまはいかがです？　興味ございますか？」

「そういえば聞いたことがあるなあ。今でも真珠の養殖は盛んなんかい？」

「もちろんです。そういえば先ほど、金婚式だっておっしゃっていませんでしたっけ？」

「ああ、そうだよ。今回のお伊勢参りも、金婚式の記念に贅沢しようって出てきたんだ」

よし、これだな。

「それでは、ミキモト真珠島にご案内しましょうか。真珠養殖の父、御木本幸吉が真珠養殖を世界で初めて成功させた島なんですが、真珠養殖の歴史や方法などを学べる施設や、ショッピングを楽しめるスペースまでが整備されていて、真珠のことがなんでもわかるようになっているんですよ」

「面白そうだなあ。でもおれ、母ちゃんに真珠を買わされちゃうかもな。真珠って高いんだろう？」

「もちろん、デパートで売っているような高級なものもありますけど、カジュアルにつけられる、比較的手ごろなものも揃っています。それこそ、何百万円もするものから、一万円ぐらいのものまで」

「そうか。金婚式の記念になるはんで、手ごろなほうなら考えないでもねえけど、どうだが、母ちゃん？」

「買ってけるの？　うれしいよ。値段でねえはんで、こったもんは」

「そんなこと言っておまえ、いざとなったら、何百万もするネックレスの前で、ダダこねるんじゃねべな？」

「あはは、バカなこと言って。そった心配すでねえ」

伊勢二見鳥羽ラインを経由して、鳥羽へ。駐車場に車を入れて、お二人はミキモト真珠島の見学へ。私はまた駐車場で、お二人をお待ちすることになった。ここは入場料もかかるし、私が案内をしなくとも、観光客への対応はさすがにしっかりしているので、特に問題はない。真珠のショッピングをされるにも、お二人だけのほうがなにかと都合がいいはずだ。

そうは思っても、なんだか申し訳ない気持ちがどんどん大きくなってくる。外宮の時よりも、いくらか強く、早く。というのも、今日のお客さまであるあのご夫婦の人柄が、朝よりも少しわかってきたからだろう。

どんなお客さまにも丁寧なサービスを、というのが大前提ではあるのだが、私も人間だ。人柄の良いお客さま、やさしいお客さまなどに出会えた時には、やはりよりよいサービスを、と考えてしまうのである。この世は不条理だ。ずるいやつ、汚いやつが得をし、正直者や善人が損をする、なんてことが度々まかり通る。ゴネたり、クレームをつけたりしたほうが得、なんてことを考え、実際にそれでなんらかの利益を得ようとする人もいる。でも私には、そんな世の中がいいとは思えない。善人が報われる世の中であってほしい、と願う。

少し話が大げさになりすぎた。私はただのタクシードライバー。世の中を変えるような、大きな力は持っていない。でもせめて、今日のお客さまには、楽しい思い出を持って帰っていただきたい。私は出来た人間ではないから、どんなお客さまにも同じサービスをすることは出来ないと思う。嫌なお客さまだなあ、と思ったらクレームが来ないよう気をつけはするが、それ以上のことをしようとは思えない。そっとやり過ごすだけだ。これがいいことか悪いことかはわからない。でも、どんな商売をしている方でも、同じように思っているのではないだろうか。

余計なことばかり考えていないで、お二人が戻ってくるまでに、次のプランを考えておかなければ。私が今すべきことは、それ。

お二人が今見学されているはずの、ミキモト真珠島。どちらかといえばここは、奥さまが喜ばれる場所かな。奥さまを大切にしていらっしゃるのであろうご主人も、奥さまが喜ばれる姿を見て、悪い気持ちはしないだろう。あるいは、奥さまの喜ぶ顔を見て、ここに来てよかったな、と思われるはずだ。ただ、金婚式を迎えた仲の良いご夫婦。きっとこれまでお二人は、互いに支え合い、互いにいたわり合い、ということを積み重ねてこられたにちがいない。ということはだ、次はご主人が喜ばれる場所へご案内するのがいいのではないだろうか。なぜなら、奥さまばかりが喜んでいるのは不公平だし、ご主人ばかりが相手の喜ぶ顔を見て満足しているのも不公平だからだ。奥さまだってきっと、ご主人の喜ぶ顔を見たいはずだし、ご主人だって単純に喜びたいはずだ。細かいことなのかもしれないが、こういったところに夫婦円満の秘訣があるような気がする。また、互いを思いやるとは、こういったことであるように思える。

それを踏まえて、この後どこにご案内すればよいのかをもう一度考えよう。ここは鳥羽市。鳥羽といえばなんだろう。まあ、これから向かうのは志摩市の賢島だから、志摩市でもいいのだけれども。すなわちこの辺り。この辺りの名所、名物、文化、歴史、なんでもいい。この辺りにしかないなにか、もしくは、この辺りらしいなにか。それでいて、ご主人に喜んでいただけそうななにか。

鳥羽、とば、トバ……。志摩、しま、シマ、シマウマ。あ、シマウマは関係ないか。志摩、しま、シマ……。鳥羽、とば、トバ……、トバイチロウ？　あ、鳥羽一郎は関係ないか。

いや、鳥羽と鳥羽一郎、関係あるぞ！

ご主人は、漁師をされていると言っていた。鳥羽一郎さんも歌手になる前は、たしか漁師をされていたはずだ。漁師と漁師、海の男と海の男。鳥羽一郎さんの歌には、海、漁業などを題材にしたものが多い。また、元漁師という経歴や、海や漁業に関する持ち歌が多いことからも、漁師や船乗りの方々に人気があるように思える。もしかしたらご主人さんも、漁をしながら鳥羽一郎さんの歌を口ずさんでいたりして。

しかし、もしご主人が、鳥羽一郎さんの歌をお好きでなかったらどうする？　いいだろう、別に。今日から好きになっていただけば。演歌に詳しくなくとも、代表曲である「兄弟船」くらいなら聴いたことがあるだろうし、鳥羽一郎さんの歌は、日本の海を幅広くカバーしている。きっと海と共に生活している方なら、身につまされる歌、心にしみる歌、思わず口ずさみたくなる歌の一曲や二曲、すぐに見つかるのではないだろうか。

それから、忘れてはならない、山川豊さん。山川豊さんは鳥羽一郎さんの実弟だ。鳥羽一郎さんが鳥羽の出身ならば、山川豊さんも当然鳥羽の出身である。このお二人はご兄弟でありながら、歌手としてのイメージが少し違う。そう考えてみると、今日のお客さまが仮に鳥羽さんのファンでなかったとしても、山川さんのファンであった、という可能性はあるかもしれない。もちろん、演歌大好き、鳥羽さんも山川さんも大好き、という感じであれば、お二人にゆかりの深い場所を訪れた時の喜びは、二倍になるだろう。

うん、ここは鳥羽市が生んだ偉大な歌手、鳥羽一郎さんと山川豊さんのお力を借りてみようか。

しばらくすると、ご機嫌な様子でお客さまが戻って来られた。うん、この笑顔、賢島のホテルに着くまで守って差し上げたい。お客さまの笑顔に合わせるように、私も笑顔を拵える。

「いかがでしたか？」

「よがったけども、散財してしまったなあ」

「おかげさまで、わたしは得をしたはんで」

「お気に入りのものが見つかりましたか?」

「いやあ、母ちゃんがよ、ある一つのネックレスをジーっと見ていたんだ。欲しいとも言わねえで、ただジーっとな。よっぽど気に入ったんだと思って、欲しいか、って聞いたんだ。すったきや、でも、高げはんで、って。だからおれ、そっだごと、気にすんなって言ったんだ。記念だはんでって。帰ったっきや、がっぱ稼ぐじゃって」

奥さまはニコニコしながら、真珠のネックレスが入っているのであろう小さな箱を、胸の前に抱えている。ご主人、やりますなあ。奥さま、とてもうれしそうですなあ。

「それでは、車を出しますね」

国道167号を南へ、安楽島大橋北の交差点をまっすぐ進んで、パールロードを目指す。リアス式海岸を縫うようにして、鳥羽と志摩を結ぶこの道は、「絶景ロード」として広く知られている。ドライブの定番コースだが、今日は景色を眺めるだけではない。

後部座席のお二人に、質問を投げかける。

「鳥羽一郎さんと、山川豊さんはご存じですか?」

「ああ、もちろん覚てらおん。いい歌をがっぱ歌ってらよな」

「この人は演歌が大好きだはんで、カラオケでもよぐ歌ってら」

「そうだ。おれのカラオケ好きは地元のスナックでも有名でな、プロになったらいいばって、よくしゃべられるよ」

ご主人はカラオケ好き。それもおそらくプロ級の、のど自慢。よし、来たな。

「鳥羽さんや山川さんの歌も、歌われるんですか？」

「ああ、もちろんだ」

「それはよかったです。ではこれから、『兄弟酒』の歌碑を訪ねてみませんか？　鳥羽さんの歌碑は全国に十七も建てられていて、最多歌碑歌手記録というのをお持ちなんですが、『兄弟酒』の歌碑があるここ鳥羽市は、鳥羽さんと山川さんの故郷です。なので、つまり、本場といいますか、聖地といいますか……」

「神社なら、お伊勢さんみだいな？」

「ああ、そうです、そうです。お伊勢さんになぞらえるのはちょっと畏れ多いかもしれませんが、私が言いたいのはそういうことです」

「いいな。連れでってけ」

パールロードをしばらく進んで行く。ミキモト真珠島や鳥羽水族館のあるあたりからなら、歌碑まで十五、六キロぐらいだろうか。信号も少ないので、時間にすれば、三十分もかからない。道なりに進んでいけば、「鳥羽展望台」への案内板にしたがって、一度右に入るだけ。くねくねした道を少し進めば、すぐに広い駐車場が見えてくる。

駐車場に車をとめて、ご案内する。駐車場から海の見える方向へ歩いてすぐの場所に、「兄弟酒」の歌碑は立っている。

「今日はちょっと風が強いですね」

「いやあ、風が強いほうが気分が出るじゃや」

「そうだね。鳥羽さんの世界って感じがするね」

「おまえは、鳥羽さんより、山川さんのほうが好きだびょん」

「山川さんのほうが、ちょっと声も甘めしね、すらっとしてるし、やさしい顔してるしね。でも、鳥羽さんも好きだよ。そうでなぎゃ、あんたに惚れたりはすねがった」

ふう。おあついですな。風は強いが、おあついですな。

山川豊さんの持ち歌には、都会的なイメージのものが多い。奥さまのおっしゃる通り、甘い声をされていて、歌い方にも独特の色気がある。それに対し、鳥羽一郎さんはやはり、「海の男」といったイメージが強い。気取らず、飾らず、たくましく、それでいてどこか優しそう。「兄弟酒」の歌詞ではないが、このご兄弟が同じ女性を愛した場合、その女性はどちらを選ぶだろう。タイプは違えど、どちらもいい男。悩むだろうな。

このご夫婦の場合、ご主人はどちらかというと、鳥羽さんのイメージに近い。もしかしたら奥さまは過去に、鳥羽さんタイプのご主人と、山川さんタイプの男性と、どちらと一緒になるか悩んだ末に、ご主人を選ばれたのかもしれない。なんてことは、ないのかな。最初からご主人に、ズバン、と惹かれたのかな。まあ、いいや、そんなことは。他人様のことにあまり首を突っ込んではいけない。案内、案内。

「鳥羽さんと山川さんが育ったのは、この左手の方、あちらのでっぱりの、そのまた向こうぐらいにある、石鏡というところです。お二人のお母さまは海女さんとして、この辺りの海に潜られていたらしいですよ。とても働き者のお母さまだったそうで、以前テレビでもお二人が、いつも働いていた姿しか思い出せない、とおっしゃっていましたね」

「そうか。きっとお母さんも、苦労されたんだな」

「そうだろうね。昔のことだしね」

ご主人も、奥さまも、頷きながら海を見つめている。このご夫婦、年代的には鳥羽一郎さんと同じぐらいか、もう少し上ぐらいか。きっと、育った時代はさほど遠くない。それぞれ、ご自分のお母さまのことを思い出しておられるのだろうか。

「そういえば、鳥羽さんの曲には、おふくろ、という言葉がよく出てきますよね」

「おうおう、『海の匂いのお母さん』とかな」

「そうですよね。きっとああいう歌を歌う時にも、そんなお母さんの姿を見て育った経験が、生かされているんじゃないですかね」

「んだな。それがきっと、おれたちの心に響くんだな。そういえば、この歌碑に刻まれてる歌詞は、『兄弟酒』の二番だな。一番ではなくて」

「そうですね。この二番も、おふくろさんが歌われていますね」

「なるほどなあ。この歌碑が建てられた経緯はわからないけれども、親孝行だな」

「そだね。お母さんは幸せ者だね」

幸せってなんだろう？　労働ってなんだろう？　そんなことを考えてしまう。朝から晩まで働きづめで、必死で子どもたちを育て上げた、鳥羽さん、山川さんのお母さま。働きづめといっても、大金を稼ぐやり手経営者などの場合とは大きくスタイルが違うはずだ。日々の生活のため、子どもたちを食べさせるため、コツコツ、コツコツ稼いだのだろう。大金を稼ぐやり手の経営者は、人生の成功者としてのわかりやすいモデルだ。きっと幸せでもあるのだろう。しかし、幸せの形は様々だ。立派に子どもを育てる、そのために必死で稼ぐ、そんな労働のスタイルに幸せはないのだろうか。私は、鳥羽さん、山川さんのお母さんではないから、実際のところはわからない。ただ、お母さまがいなければ、鳥羽一郎も、山川豊もこの世にいない。このご兄弟の歌が一体、どれほどの人の心を楽しませ、慰め、勇気づけただろう。そう考えると、お母さまはやはり、幸せ者なのではないだろうか。母を想う歌の歌詞が、ここに刻まれているからではなく。二人の息子さんが歌手として成功されたからでもなく。

人生の意味を、はっきりと理解するのは難しい。ただ私には、お母さまの人生に、大きな意味がなかったとは思えない。それをご本人が、どう感じておられたかはわからないけれど。

歌碑の歌詞を読んでみる。いい歌だ。うちに帰ったら、鳥羽さんのＣＤ聴こうかな。

ああ、そうだ。

「あの、ご主人、この歌ご存じですか？」

「ああ、カラオケでもよく歌うじゃ」

「ちょっと今、歌ってもらえませんかね？」

「ここでか？」

「ここで、だからいいんじゃないですか。鳥羽さん、山川さんのお母さまに捧げる、そんな感じで。お二人を育てたこの海に向かって。さあ、さあ。この二番でだけでいいですから。ね？　ダメですか？」

「そうだよ、あんた。わたしも聴きたいな」

奥さまの言葉にご主人は腹を決めたようで、喉を、う、うんと鳴らしている。

「さあ、行きましょう。はい　奥さま、手拍子を。それ、それ」

「仕方ねえな。やるか」

海に向かって流れてゆく、「兄弟酒」の二番。ご主人、うまい。玄人はだし。沁みるなあ。私もおふくろさんに、少しは孝行しないとな。

鳥羽さんや山川さんのようにはいかないけれど、きっとわたしにもできることがある。

かあちゃん、いつまでも元気でいてくれな。親孝行、できるかもしれないから。あんまり期待しないで、待っててな。

# 建築女子の夏休み

【金沢・かほく・宝達志水】

昨夜、釣り仲間の聡さんから呼び出された。釣りの誘いではない。ちょっと一杯やろうという、釣りの誘いの次に多い誘い。私は酒をまったく飲めないが、ウーロン茶を飲みながらでも、聡さんと釣りの計画や、釣り道具についての話をするのは楽しい。聡さんが下戸の私を飲み屋に誘ってくれるのも、同じように思ってくれているからだろう。それに、結局釣りの話になることが多いので、一杯やろうという誘いであるとはいえ、釣りを楽しんでいることになるのかもしれない。行きつけの居酒屋へ入ると、聡さんはすでにカウンターで、刺身の盛り合わせを前に、冷酒をやっていた。

「すまんな、先にやっとるよ」

「どうぞ、どうぞ」

隣の席に腰を下ろして、ウーロン茶を注文する。つまみについては、聡さんが適当に頼んでおいてくれるのが、いつものパターン。私は釣りをよくするので、日頃居酒屋で刺身を注文することはない。理由は、なんだかもったいないような気がするからだ。私にとって新鮮な魚は、釣りを楽しんだ末についてくるおまけのようなもの。つまり、実質的には無料で手に入るもの。なんてことをつい考えてしまうのだが、やはり目利きにも包丁にも長けた、プロの料理人が提供してくれる刺身は、一味違うものだ。だから聡さんのチョイスには、いつも密かに感謝している。

「さっそくやけど、今日はあんたに頼みたいことがあってな」

「ながやけ?」

「今、絵里奈が帰って来とるんやが、退屈しとるようやで、明日あんたのタクシーで、どっかに連れて行ってやってくれんけ？」

「絵里奈ちゃんか。たしか、名古屋の大学へ行っとるって言うとったな」

「ほうや。夏休みやさけぇ、大学の友だちを連れて帰ってきとるんやが、近くの観光地は全部回ってしもて、もう案内するところがない言うて」

「ほうなら車でちょっこし遠いとこへ、行けあいいでないけ。タクシーは高いし」

「絵里奈はまだ、免許証を持っとらんがや。明日はわしもうちのも、仕事があるしな」

「ほんなんか。明日はどうせ出勤日やし、別にじゃまないわいね」

「ああ、よかった。頼むわ」

そんなことがあって、今日は一日、絵里奈ちゃんを案内することになっている。聡さんの家には、釣りの後によくお邪魔し、一緒に釣った魚を料理したり、一緒に食べたりしているので、絵里奈ちゃんのことは小さなころからよく知っている。明るくて、人懐っこい、とてもいい子だ。勉強もよくできるようで、大学では建築を学んでいると聡さんから聞いている。聡さんは工務店を営んでいるからか、可愛い娘さんが建築の道に進もうとしていることを、とても喜んでいる。

受験勉強で忙しい時期は、聡さんの家へお邪魔するのは遠慮していたし、受験を終えたらすぐに名古屋へ行ってしまったので、しばらく会っていないのだが、約束の時間にお宅へ行くと、小さな頃と変わらない笑顔で、「おじさん、久しぶりー」と私のタクシーを迎えてくれた。

「おう、絵里奈ちゃん、元気やったけ？　今日はよろしゅうね」

「こちらこそ。おじさんも、元気やった？」

「うん、ずっと元気やぞ。今日は絵里奈ちゃんのために頑張るさけぇな。さあ、乗るまっし」

車を降りて手でドアを開け、絵里奈ちゃんとお友達を後部座席に乗せて運転席に戻る。ルームミラー越しに絵里奈ちゃんの顔を見るのは、なんだか妙な感じがした。

「あのね、おじさん、この子、大学の友達のゆかりちゃん」

「ほんながけ。ゆかりさん、今日一日、よろしゅうおねがいします」

「えっと、山岸さん、ですね。初めまして、ゆかりです」

助手席のヘッドレストに掲示された、乗務員紹介カードを見ながら、ゆかりさんが挨拶をしてくれた。ゆかりさんとは初対面だし、お客さんとタクシードライバーという立場にあることは間違いないのだが、山岸さん、なんて呼ばれるとちょっとくすぐったいような気がする。絵里奈ちゃんの友達だからだろうか。近所の子、みたいな感じがするのだ。金沢を観光するぐらいだから地元の子ではないようだし、絵里奈ちゃんにしたって、近所の子というには、随分大きいというか、すでに大人になっているのだけれど。

「絵里奈ちゃんみたいに、おじさん、って呼んでもらって構わんよ。そのほうがこちらも気楽やし」

「そうだよ。おじさんでいいよ」

「でも、失礼じゃ？」

「ほんなことないで。絵里奈ちゃんにとっては、近所のおじさんなんやさけぇ、別に気ぃ遣こうてくれんでも」

「そうそう。近所のやさしいおじさん。決して悪い人じゃないから、安心して」

「じゃあ、そうしようかな。おじさん、今日はいいところに連れて行ってね」

さて、どこへ案内しようか。金沢は観光客の多い町だから、タクシードライバーとしてそれなりに多くの引き出しを持っているつもりだが、今日のプランはまだ立てていない。まずは希望を聞くべきか。具体的な場所でなくとも、どんな感じのところに行きたいかとか、二人の好みとか、今日までに訪れた観光地とか。

「ほれで絵里奈ちゃん、なにかリクエストはあるがけ?」

「リクエスト? 別にないよ。おじさんに任せる」

「ほんなら、金沢に帰ってきてから、二人でどこに行ったが?」

「兼六園でしょ、金沢城でしょ、21世紀美術館でしょ、ひがし茶屋街でしょ、武家屋敷跡の野村家でしょ、近江町市場でしょ、あとはどこに行ったかな? でもまあ、大体そんな感じ。うちからわりと近い、定番の観光スポットみたいなところは、大体回ったと思うよ」

「ほうか。金沢の観光案内としては、百点満点でないがけ」

大体行ったところはわかった。通常金沢へ一泊ぐらいで観光に来るのなら、これぐらいで充分なのだろうけれど、夏休みは長いからな。

今度は、ゆかりさんに質問してみるか。

「あの、ゆかりさんは、今までに回った観光地の中で、どこが一番よかったのかな?」

「金沢海みらい図書館かな。わたし、建築を学んでいるから、とっても参考になったっていうのか、刺激を受けられたっていうのか」

「ああ、絵里奈ちゃんと同じながね。じゃあ、二人とも建築に興味があるちゅうことか」

「ゆかりちゃんは、わたしよりずっと熱心だよ。わたしはお父さんが大工さんだから、なんとなく建築を学んでみようかな、と思っただけだけど、ゆかりちゃんは小学生の頃から、建築家になりたいと思っていたんだって」

なるほど。それならば話が早い。金沢には面白い建築物がたくさんある。ゆかりさんがよかったと言う金沢海みらい図書館は、２０１２年に世界で最も美しい図書館25選に選ばれているし、21世紀美術館も、なかなかに面白い建物だ。また、金沢出身の有名な建築家、谷口吉郎とその息子、谷口吉生の作品を鑑賞できる、谷口吉郎・谷口吉生記念金沢建築館もある。

まずはここでどうかな？

「絵里奈ちゃん、谷口親子の記念建築館はもう行ったがけ？」

「うん、行ったよ」

そうか。そんな近いところはもう行っているよな。若い人は行動力も、元気もあるし。そうだな、あと建築といえば……。

「大野のからくり記念館は？」

「まだ、行っとらんよ」

「ほうか。ゆかりさん、どうですけ？　大野からくり記念館ちゅうところがあるんやけど、建物がなかなか面白いんやじぃ。内井昭蔵さんちゅう、建築家で京都大学の先生でもあった人が、設計したがやて」

「内井昭蔵って、横浜の桜台コートビレッジを設計した人？　名古屋の近くだと、一宮市博物館とか、高浜のかわら美術館とか？」

「そこまで詳しくは知らんけど、絵里奈ちゃん、どうながやけ？」

「さあ？　わたしも知らんわ。でも、さすがゆかりちゃんだね。名前を聞いただけでピンとくるだなんて」

「だって、有名でしょ？」

たしかに有名な建築家なのだろうけれども、建築にさほど興味がない人や、地元のシンボルとなるような建物を設計した、などの理由がない人ならば、あまり知らないのではないのだろうか。

ゆかりさんが、建築に強い興味があり、勉強熱心であることは間違いないだろう。

「どうやら、絵里奈ちゃんよりゆかりさんのほうが、ちょっこしかたいようやな」

「ほうやね。ゆかりちゃんは、本当にかたいよ。わたしも、へえーっていうことばかりだもん」

「ほんなら、まずはからくり記念館に行ってみっけ？」

「ぜひ、お願いします！」

「うん、わたしもいいと思うよ」

大野からくり記念館は、大野お台場公園のすぐ北側にある。金沢駅の辺りからでも、車なら二十分もかからないだろう。大野お台場公園から大野からくり記念館の辺りまでの海沿いには、道路の脇に柵の着いた護岸が整備されており、安全に釣りを楽しむことが出来るようになっている。今の時期なら、サバ、アジ、太刀魚などが中心になるだろうか。夏真っ盛りの今日のような暑い日でも、ぽつぽつと釣り人の姿が見える。

「おじさん、釣りしたいなあ、って思ってるでしょ？」

「ほんなだらな。仕事中でないけ」

「嘘ばっかり。ねえ、ゆかりちゃん、このおじさんとうちのお父さんはね、いつも釣りばっかりしてるんだよ。おじさんなんか仕事の後でもね、ろくに寝ないで釣りをしているぐらい。わたしも小さい頃は、お父さんとこのおじさんに、よく釣りに連れて行ってもらってたんだ」

「小学生の頃までやったかなあ。なかなかスジはよかったんやが、中学に上がったら、勉強やら部活やらで忙しい言うようになって。あのまま続けとったら、きっといい釣り師になったやろうに」

ゆかりさんが、クスクス笑っている。

「ね、この調子なの。でもおじさん、一生懸命勉強したからわたし、今の大学に入れたんだよ」

「まあ、そうやな。若いうちは釣りより、勉強が大事やさけぇな。さあ、着いたで」

大野からくり人形館の前にある、駐車場に車を入れた。この駐車場はさほど広くはないのだけれど、まだ開館から間がないせいか、数台の車がいるだけ。休日の混み合う時間など、万が一ここが満車になってしまっていても、他にも駐車場はあるので、心配することはないのだが、ここが一番近くて便利であることは間違いない。

「へえ、なんかかわいい建物だね。曲線が上手に使われていて」

駐車場からからくり館まで続く、板敷きの通路の入り口で、ゆかりさんが言った。通路の奥の丸い建物がからくり館の入り口で、左手に立っているのが、からくり体験館だ。どちらも、コンクリート造りの平屋建て。奥の、からくり館の入り口がある建物は楕円形で、左手のからくり体験館は、円形ではないのだが、軒や壁がくねくねしていて、その曲線が美しく、印象的だ。しかし、ここはまだほんの入り口。本当の見どころは、あの入り口の奥にある。

二人の先頭に立って、からくり記念館の入り口へと案内する。受付を済ませて、奥へ進むと小さなロビーがあり、中央の台の上に茶運び人形が立っている。これは、一日に何回か実演をするために置かれているようで、時間が合えば、実際に人形が茶を運ぶ姿を見られるようになっている。

「ゆかりさんは、からくり人形にも興味があるがけ?」

「あるがけ?」

ゆかりさんが首をかしげながら言う。

「ごめんね。方言やね、これ。ええっと、ゆかりさんはからくり人形にも、興味がございますか?」

「ございますよ」

ゆかりさんではなく、絵里奈ちゃんがそう答えて、声を上げて笑った。

「おじさんの標準語、おかしいけ?」

「ううん。逆に正しすぎるんじゃない?」

「そうか。難しいもんやな」

「別に難しくないでしょ？　わたしなんか、名古屋に行って、すぐに方言出なくなったよ」

「そんなことないって。絵里奈ちゃん、結構方言出てるよ」

ゆかりさんが異議を唱えると、絵里奈ちゃんは不服そうな顔をした。

「出てないでしょ？」

「忘れたの？　ほら、大雨の降った日のこと」

「ああ、あれね」

「どうしたが？　おじさんにも教えてや」

「それがね」と口にしかけたところでゆかりさんは吹き出してしまい、絵里奈ちゃんに手を差し出して、続きを話すよう促した。

「大雨の日にね、電車が運休になっちゃって、ゆかりちゃんが帰れなくなっちゃったから、わたしのアパートで電車が動くまで待っていようってことになったの。それで学校から一緒にアパートまで帰ったら、アパートの前にあるドブから水があふれそうになっていたから、危ないなと思って、ゆかりちゃんに、そこのどぶす、気をつけてね、って言ったんだよね。そしたら、急に不機嫌になっちゃって」

「そうそう。一瞬、友達やめようかと思ったもん」

「だから、金沢ではドブのことを、どぶすって言うんだよ、方言なんだよって、必死で説明してね。なんとか誤解を解いたの」

「おじさん、本当ですか？」

「そうやなあ。たしかに言うなあ」

「ほらね、本当でしょ？　もしかしてまだ疑ってたの？」

「ちょっとだけね。でも、今から百パーセント信じるから。疑ってごめん」

地元の人間として、若い人にも方言を大切にしてもらいたいという思いはあるが、稀にではあれ、こういう事態になりかねないから注意が必要だ。とにかく、二人の友情にひびが入らなくてよかった。

三人でひとしきり笑った後、二人をさらに奥へと案内する。からくり記念館は、入り口やロビーのある楕円形の建物と、展示室のあるこれまた楕円形の建物で構成されていて、この二棟の間を二本の細長い通路でつなぐ、という構造になっている。順路としては、入り口から向かって右手にある通路を通って展示室に向かい、展示室を見学した後は反対側の通路を通って、また入り口やロビーのある建物に帰ってくる、という感じだ。通路の柱や窓枠には木材が使われており、照明なども含め和の雰囲気。壁にはところどころ資料も展示されており、歩いているだけで自然とからくりの世界へ入って行くための、心の準備が整っていくように感じられる。

通路の一番奥には、大きな人形が設置されていて、見学者がやってくるとセンサーに反応して、からくりの世界や、大野に住んでいた江戸時代のからくり師、大野弁吉についての簡単な説明をしてくれる。この人形は、大野弁吉の弟子である米林八十八という人物をモチーフにしたもので、当然電気仕掛けで動いているのだが、動きはまさにからくり人形そのもので、なかなか面白い。

人形の前で左へ曲がると、この記念館のメインとなる建物、展示室に入る。

「わあ、これはすごいかも」

展示室に入るなり、ゆかりさんが感嘆の声を上げた。興奮気味に言葉を続ける。

「うん、素敵。この木の感じ、梁の通し方、そして何より、この窓。三角形で構成された装飾が、万華鏡の中に現れる模様みたいで」

「あれは、障子のような役割も持っているんやわ。これだけ窓がでかいと、展示物にも日が当たってしまうやろ。そやさけぇ、ああやってな」

「そうなんだ。単なる装飾かと思ったら、そんな機能も兼ね備えているんだね。こんな建物、いつかわたしも設計できたらいいな」

夢を語る若者。いいものだ。

私にも若い頃があった。紆余曲折あって、現在は平凡なタクシードライバーだが、この人生も悪くはないと思えている。ゆかりさんのようにはっきりとした夢は持っていなかったから、夢に破れた、なんてことはなかったけれど、思うようにいかないことはたくさんあった。そしてそのたび、様々な人々に助けられてきた。その積み重ねによって、私の人生は形作られてきたように思う。すっかりおじさんとなった今、私がすべきことは、若い人の助けになるようなこと、なのではないだろうか。かつて先輩方が、私を助けてくれたように。なんてことも考えるけれども、こんな私にたいしたことは出来ないか。

ああ、そうだ、と思い出して私は、二人に「ちょっと待っとってな」と声をかけ、通路の入り口付近まで戻った。たしかここにあったはずだがな。

通路の入り口付近にある小さな展示スペースで、私はお目当てのものを見つけて二枚手に取り、二人のいる展示スペースへと戻った。

「ああ、これね、ここの建築について色々書いてあるさけぇ。ほら、絵里奈ちゃんの分も、もらってきたで。なにかの役に立つかなと思うて」

二人に取ってきた資料を手渡す。ゆかりさんは受け取るなり、真剣なまなざしでそれに見入った。

私が二人に手渡したのは、この建物に関する資料で、片面にはこの建物の平面図や立面図、断面図などが、もう片面には屋根組の図面と中央リングの図面、さらには、設計者である内井昭蔵氏による、この建物についての説明文が載っている。私のような者にはよくわからないが、興味や知識のある人には、きっと面白いものなのではないかと思って、取りに行ってきたのだ。

「役に立つかなって、とってもありがたいですよ、この資料」

ゆかりさんはそう言って、キラキラとした目を一瞬だけ私に向けてくれたかと思うと、すぐにまた資料に視線を戻した。絵里奈ちゃんもゆかりさんほどではないが、興味深そうに資料を見つめている。

「やっぱり、詳しい人が見るとわかるんやなあ。おじさんにはなんのことやら、少しもわからんけど」

「詳しいだなんて、そんな。まだ勉強中だし」

「詳しいよなあ？　絵里奈ちゃんはどう思う？」

「これぐらいの図面なら私でもわかるけど、やっぱりゆかりちゃんは勉強熱心だと思うよ」

そう言われて、ゆかりさんは少しうれしそうだった。

館内には、様々なからくり作品が展示されている。それらを一つ一つ眺めながら進んでいくと、ゆかりさんがのぞきからくりの前で立ち止まり、絵里奈ちゃんに質問をした。

「ずっと聞こうと思ってたんだけどさ、芋ほり藤五郎って、何をした人なの?」

「えっ、知らないの? 金沢という地名の由来になった人だよ」

「嘘だあ。私のことからかってない? おじさん、本当なの?」

「本当やぞ。何をした人かって言われたら、やっぱり芋ほりながやろけど」

私が答えると、ゆかりさんはいかにも腑に落ちないといった様子で、首を傾げた。

「金沢のイメージに合わないな。金沢って、もっと華やかなイメージなんだよね。金箔も有名だから、金堀り藤五郎とか、砂金すくい藤五郎とかなら、まだ納得がいくんだけど」

「あははは」と絵里奈ちゃんが声を上げて笑った。私も思わず、ニヤニヤしてしまう。

「ゆかりさんは面白いこと言うなあ。でも、あながち間違うとらんよ。芋ほり藤五郎が、砂金を洗った泉が金洗沢と呼ばれとって、ほれが金沢ちゅう地名の由来になったて、言われとるさけぇな」

「そうなんですね。じゃあとりあえず、こののぞきからくりを見てみようかな。昔話みたいなものなんだよね?」

「ほうや。本当か嘘かは誰にもわからん」

金沢ではおそらく誰もが知っている芋ほり藤五郎の話だが、他の地域での知名度はそれほど高くないようだ。まあ、それもそうか。私も金沢以外の町の、地名の由来なんて知らないし、その土地の昔話、民話の類もほとんど知らないものな。

一通り見学してからくり記念館を出た後は、建物の北側に二人を案内した。北側の道路からは、からくり記念館のメインの建物となる展示室の姿がよく見える。ゆかりさんは熱心に、スマートフォンで写真を撮っていた。とりあえず一つ目の案内先としては、合格点だろうか。

車に戻り、次の案内先を考える。建築に興味がある二人だ。次もきっと、個性的な建物や、美しい建物を見せてあげるのがよいだろう。

「次は、石川県西田幾多郎記念哲学館なんてどうやろうか？　設計したのはたしか、安藤忠雄ちゅう人やぞ」

「安藤忠雄ですか」

ゆかりさんが目を輝かせて言う。

「安藤忠雄なら、私も知っとるよ。光の教会とか、ピューリツアー美術館とかを設計した人だよね？」

絵里奈ちゃんも話に乗ってくる。安藤忠雄という建築家は、相当有名なのかな。

「そうそう。おじさん、やっぱりそこも安藤忠雄の得意な、コンクリート打ちっぱなしの造りなの？」

「ほうや。興味がありそうやね。行ってみっけ？」

「うん!」

二人の声が揃った。

金沢港をぐるりと回るようにして、県道60号に入る。この道は千鳥台の交差点から先が「のと里山海道」と呼ばれていて、自動車専用道路になっている。信号がなく、海の近くを走るので景色もよい、とても好きな道だ。左手に海が見える区間に入ると、後部座席のゆかりさんから歓声が上がった。

「きれーい。よかった、お天気がよくて。ねえ、絵里奈ちゃん、なんで今日まで海に連れて来てくれなかったの?」

「だってゆかりちゃん、泳げないって言ってなかった?」

「うん、泳げない」

「水着は持ってきたの?」

「ううん、持ってきてない。でも、海ぐらい見たいじゃん」

「そうだよね。夏だしね。ごめん、気がつかなくて」

夏だし、海ぐらい見たい、というゆかりさんの気持ちもわかるが、勉強熱心で、日焼けもほとんどしていない、海で泳いでいる姿より、図書館で本を読んでいる姿のほうがしっくりきそうな、いわゆるインドアタイプ、といった印象のゆかりさんから、海のイメージはなかなか出てこないように思う。ご本人にとっては、まったく失礼な話かもしれないけれど。

時々草や木で見えなくなることはあるものの、左側の車窓は結構な割合で日本海がバーンと見える。いい気分でドライブをしていると、あっという間に白尾インターチェンジに着いた。白尾インターチェンジから石川県西田幾多郎記念哲学館までは、もう五分とかからない。

記念哲学館の玄関前にも車を停められるのだが、収容台数があまり多くない上に、建物を楽しむなら下から歩くのもいいと思い、坂の下の駐車場に車を入れた。この駐車場から、「思索の道」と名のついた遊歩道を歩いて行けば、すぐに建物の下に着く。この「思索の道」というのがなかなかいいじゃないかと、私は常々思っている。

現代人は皆、忙しい。思索に耽る時間を持てている人なんて、一体どれぐらいいるのだろうか。仕事が忙しいだけではなく、休みの日だってそうだ。食事に行くにも、スマートフォンやガイドブックなどで店の情報を頭に詰め込み、旅行に行くにもホテルの口コミを丹念にチェックして、予約をする。旅先で訪れる場所を決めるにしたって、似たような感じだろう。はずれを引かないため、という点においては有効だし、行動自体にも無駄が生まれにくい。だが、そのようにして失敗や無駄を省こうとすればするほど、日々の生活から得られる喜びや満足が薄められてしまうような気がする。無駄を省けばその分なにかを得られる機会が増えたり、時間に余裕が生まれたりするはずなのに、不思議なことだ。そんなことを考えてしまうのは、私があまり優秀な人間ではないからだろうか。だが、どうしてもそう思えてならないのだ。

ゆかりさんや絵里奈ちゃんのように優秀な人は、私とは少し違うのかもしれないが、優秀な人であるが故に、無駄を省き、効率を高めた末に生まれた隙間に、何かを詰め込もうとしてしまうのではないか、とも思う。勉強熱心であるのはいいことだし、まだ若いから、精神的にも肉体的にも私より随分タフであるのだろうけれど、そういう生活って疲れやしないのだろうか。もし疲れていないのだとしても、疲れてしまう前に、時々立ち止まって自分自身を見つめ直したり、日々受ける刺激や頭に詰め込んだ知識を材料に、思索を巡らしたりすることも必要なのではないだろうか。

思索の道を抜けた先にあるエレベーターに乗って上へ昇り、降りてまっすぐ通路を進めば、記念哲学館の玄関前に出られる。受付で料金を支払い、さらに奥へ進むとそこは、打ちっぱなしのコンクリートに自然光の差し込む、長い廊下だ。

「ああ、この感じいいなあ」

歩きながら絵里奈ちゃんが呟いた。ゆかりさんも、うんうんと頷いている。今日は天気がいいし、光と影の様子がとてもきれいだが、せっかくここに来たのだから、建築のことばかりではなく、西田幾多郎の哲学についても、知ってもらいたいものだ。

「二人は、西田幾多郎について、どれぐらい知っとるが？」

「名前は聞いたことはあるけど、あまりよく知らない」

「ゆかりちゃんが知らないなら、わたしが知っているわけないよね。ほら、わたしたち、理系だから」

「ほうか。受験勉強にはあまり出てこんか。大学でも建築の勉強が中心やろうしな」

「うん。教養科目では哲学も選択できるけど、今のところ取っていないし。でも、おじさんって物知りなんだね」

「いやいや、おじさんも観光案内ぐらいやぞ。詳しいことは知らん。二人とも勉強が得意なんやさけぇ、展示を見て勉強して」

そこからは黙って、二人の後をついて歩いた。私には西田幾多郎についてなにか語れるような、知識も教養もないし、知ったかぶりもみっともない。だが、そんな私でも西田幾多郎の言葉に、「へえ」となることはある。

最初に見学することになる、第一展示室の奥の壁沿いには、西田幾多郎の言葉を記した、数種類のカードが並べられている。「ご自由にお持ち帰りください」といったやつだ。前にお客さんを案内してきた時にも、これを持ち帰って自宅で見返し、随分「へえ」となった。いくらよい言葉に出会い、「へえ」となっても、それを身に沁み込ませ、行動に生かすというのは難しいものだが、こんな私でも「へえ」となった言葉の断片を時々思い出して、色々考えることがある。たとえば、釣りをしている時。それも、なかなか釣れない時。竿先を見つめながら、頭を空っぽにしていると、不意に頭の中にぽっかりと、西田幾多郎の言葉が浮かんでくるのである。言葉が浮かんでくれば、しめたもの。竿先が動くまで、じっとその言葉と向き合う。

そんな瞬間を、近頃私は愛しつつあるように思う。たとえその日、あまり魚が釣れなくとも、なんだか気持ちが満たされるような気がするのだ。魚が釣れなかったことへの、負け惜しみでは決してなく。

そっと二人を追い越して、カードの並べられた机の前に移動する。勉強の邪魔をしないように、おじさんはここで静かに待つよ。

やがて追いついてきた二人に、声をかける。

「ここにあるカードは、それぞれに西田幾多郎の言葉が書いてあるがやぞ。気に入ったのがあったら、どれでも自由に、持って帰ってもいいげんよ」

「そうなんだ。ああ、これなんていいかも」

ゆかりさんが一枚のカードを手に取り、絵里奈ちゃんに見せた。

「生きるために便利だから真理なのではなく、逆に真理だから我々の生活にとって有用にされ得るのである、か。どういうこと？　どうしてこれをいいと思ったの？」

「これってさ、建築にも言えない？　真理という部分を、優れた建築に入れ替えてみて」

「生きるために便利だから優れた建築なのではなく、逆に優れた建築だから我々の生活にとって有用にされ得るのである、ってことね。う〜ん、やっぱりよくわからない」

「じゃあ、わかってくれなくてもいいよ。私はいい言葉だと思うから。感性は人それぞれだしね」

ゆかりさんはそう言うと、カードを大事そうに自分のバッグにしまった。

感性は人それぞれ、まったくその通りなのだけれども、私にもゆかりさんの言ったことの意味は、よくわからない。そしておそらくなのだけれど、真理を優れた建築と置き換えることで、西田幾多郎の言葉とは、大きく意味が違ってしまうように思う。つまり、真理を優れた建築に置き換えた文章は、もはや西田幾多郎のものではなく、ゆかりさんのものなのだ。私が別に理解できなくとも、ゆかりさんが何らかの考えを巡らす材料になり得るのなら、それでいいのかもしれない。

第一展示室を出て二階に上がり、今度は第二展示室を見学する。第一展示室は簡単にまとめると、「考えること」についての展示が主になされているが、第二展示室は、西田幾多郎の遺品や原稿、書簡などと共に、彼の生涯についてや、哲学者としての歩みについて詳しく知ることのできるような展示が主となっている。第二展示室を見学した後は、エレベーターに乗って地下の第三展示室へ。そこには西田幾多郎の書が展示されており、その一番奥にある自動ドアを抜けると、コンクリートの壁に囲まれた「空の庭」に出られる。

「ここからは、空しか見えないんだね」

空の庭の真ん中で、ゆかりさんが呟いた。

「そうだね。空しか見えない。ねえ、今私が見ているのは、風景なのかな？　この空とコンクリートの壁は、美しいのかな？」

ゆかりさんの言葉に、絵里奈ちゃんがそんな言葉を返す。

「美しいばかりが風景ではないんじゃない？　美しかろうが、美しくなかろうが、目に見えるものすべてが、風景なんじゃないの？　それに、今日は晴れているけど、曇っている日も、雨が降る日もあるでしょ？　どんなところだって同じでしょ？」

「うん。その通りだね」

なんだか私にはよくわからないことを言っている。この二人やはり、相当頭がいいのだろうな。

二人はそれからしばらく、その庭でコンクリートと空を眺めていた。

記念哲学館を一通り見学した後は、隣接するセミナーホールを見学した。この建物には、哲学ホールや図書室、研修室、展望ラウンジなどがあり、一般の見学者でも図書室や展望ラウンジを利用することができる。哲学ホールと研修室については、そこで行われる催しや研修に参加する場合などでしか入ることはできないが、哲学ホールの前にあるホワイエを見学することは可能だ。このホワイエは円形で、筒状の吹き抜けとなっており、天井にはガラスがはめ込まれていて、太陽の光が取り込まれるような作りになっている。筒状の壁には、入り口が二カ所。外壁に沿って図書室のある一階から、入り口のある地下まで降りられる階段がつけられている。この面白い構造と、光とコンクリートの美しさは、建築を学ぶ二人にもなかなか好評であった。

最後に展望室を見学し、我々は車に戻った。「空の庭」を見学してから車に戻るまで、彼女たちは小さな声で色々と語り合っていたが、私はほとんど言葉を発しなかった。彼女たちの邪魔をしたくなかったからだ。

二人を後部座席へ乗せ、運転席に戻ると私は、すぐに次の行き先を提案した。

「なあ、絵里奈ちゃん、次は千里浜なんてどうけ？」

「千里浜か。いいね。ゆかりちゃんもいいでしょ？」

「いいけど、千里浜ってどんなところ？」

「千里浜なぎさドライブウェイちゅうのがあってな、砂浜を車で走れるがやぞ」

「うわぁ、素敵。ねえ、おじさん、そこって途中で車から降りて、砂浜に座って海を眺めることもできるの？」

「途中に車を停められる所があるさけぇ、じゃまないわ」

次の行き先は、千里浜に決定だ。

石川県西田幾多郎記念哲学館から、のと里山海道に戻り、千里浜なぎさドライブウェイの入り口に近い、千里浜インターに向けて北上する。左手には、海、海、海。長く続く砂浜。いい天気。海は青い。後部座席からは、二人の明るい話し声。美しいばかりが風景ではないんじゃない?、とさっきゆかりさんが言っていたが、この風景は間違いなく美しい。海も、空も、砂も。そして二人の明るい声も。すべてがすべて、美しい。

窓を少し開けた。潮風が入って来る。風もまた、風景の一部なのかもしれない。

# 「撮り鉄」大井川紀行

【静岡・島田・川根本町】

金谷の町にある営業所から川根温泉笹間の駅までは、距離にして二十キロ以上ある。車で行けば三十分から四十分ぐらいだろうか。ここを今から百四十円で走る。

ここ静岡地区では、タクシーの迎車回送料金が、一台一回百四十円と決められている。あくまでもお迎え一回につき百四十円ということであり、どんなに遠くまでお迎えに行こうが金額は変わらない。営業所から一キロ離れた場所へのお迎えでも、百四十円。二十キロでも百四十円。

三十分から四十分かけて、二十キロ以上離れた場所へお迎えに行っても、ワンメーターでおしまい、ということも当然あり得る。その場合、初乗り運賃が六百六十円だから、迎車料金と運賃を合わせて八百円だ。しかし、それも仕方がないこと。川根温泉のあたりから呼ばれたら、金谷の町か、千頭の駅前から行くのが一番近いのだから。

指定された12時45分より少し早く着くと、駅にはちょうどSLが停まっていた。このSLはここから折り返して、新金谷駅へと戻って行く。以前は千頭まで走っていたのだが、2022年9月に発生した台風15号の影響で、沿線でがけ崩れが起こり、大井川鐵道大井川本線は一時全線が不通となった。その後段階的に復旧作業が進み、2023年秋現在、金谷駅からここ川根温泉笹間駅までは列車が走っているが、ここから千頭駅までの区間においては、未だ復旧の目途が立っていない。

川根温泉笹間駅は、大井川本線のちょうど真ん中あたりにある。予約をいただいた際に、行き先は千頭駅と聞いているので、金谷の町から大井川本線沿いを迎車回送で半分走ってきて、お客さんを乗せて残り半分を走って行く、というわけだ。すると帰りは、約四十キロ走ることになるのか。つまり実際に運賃が発生するのは総走行距離の四分の一ということになり、一見効率が悪そうだが、タクシードライバーからすれば、とてもありがたいお客さんである。

実際、タクシーの実車時間（お客さんを乗せて走っている時間）というのは、びっくりするほど短いものだ。一時間待機して、ようやくついたお客さんを五分だけ乗せて走る、なんてことは当たり前、というか、時間帯やシーズンによってはまずまずのペース、とすら感じられる。そう考えると、三十分から四十分迎車回送で走ってきて、三十分から四十分実車で走り、一時間から一時間二十分かけて営業所に戻る、というこの仕事は、とても「おいしい」と言える。

川根温泉笹間駅から千頭へ向かうお客さんを乗せるのなら、千頭駅前にある営業所からタクシーを派遣すれば効率がいいはずだが、なぜわざわざ金谷から来たのか、というと、それはお客さんが金谷の営業所に電話をかけてきてくださったからである。金谷の営業所に電話がかかってきたとしても、千頭駅前の営業所に仕事を回すことも出来るし、実際にそうすることもあるのだが、金谷の営業所にタクシーが充分な台数待機しているのなら、こんなに「おいしい仕事」を、他の営業所へ回す理由はない。また、金谷の営業所に比べて、千頭駅前の営業所の方が所属しているタクシーの数が少ないので、千頭のあたりや、さらにその奥から乗られるお客さんのことを考えると、比較的台数に余裕のある金谷の営業所で対応するほうがいい場合もある。特に今は、千頭駅から川根温泉笹間駅の間が不通となっているので、千頭の駅前にある程度タクシーを確保しておかないと、千頭駅からさらに北に向かって伸びる、井川線を使って観光するお客さんや地元の方が、不便を感じることも多くなるはずだ。また、千頭駅前にタクシーが一台もいなければ、それこそ金谷の営業所から千頭までお迎えに行かなきゃならなくなるので、最低でも一時間ほど待っていただくことになってしまう。タクシー一台の配車にも、様々な事情が絡み合っているのだ。

しばらく待っていると、やってきたのは二十代ぐらいの、若い男性の二人組。お二人ともリュックを背負って、首からカメラを提げ、肩に三脚を担いでいる。ああ、ＳＬを撮影に来られたのかな。

「ご予約の田中さまですね？」

「はい。そうです」

確認をして、トランクに三脚をしまい、お二人を後部座席へと案内する。リュックの中身は交換レンズなどの機材が入っているのだろうか。お二人ともトランクには入れず、大事そうに胸に抱えている。きっと、すごく高価なものが入っているのだろうな。

「行き先は千頭駅と聞いていますが、よろしいですか？」

「ええ。あの千頭駅で一瞬待っていただいて、その後奥泉の駅まで乗せてもらうことって出来ますか？」

「大丈夫ですよ。トビー号を撮られるんですか？」

「はい。千頭で出発前の様子を撮った後、奥泉で折り返しのシーンを撮りたいんですよ」

「なるほど。トビー号は発車時間の十五分前ぐらいに入線するはずなので、今からなら充分間に合いますね。トビー号はゆっくり走りますし、奥泉駅の折り返しにも充分間に合うかと」

「紅葉のシーズンですけど、渋滞とか大丈夫ですかね？」

「千頭駅前がちょっと混み合うかもしれませんけど、あと混むのは奥泉駅の先の、奥大井湖上駅の辺りぐらいですかね。奥泉駅までは大丈夫だと思いますし、千頭駅前で混み合っていたとしても、おそらくそれほどではないと思いますよ。もし予想以上に混んでいた場合でも、可能な限り対処させていただきますので」

「そうですか。よろしくお願いします」

トビー号というのは、「きかんしゃトーマス」という、機関車を主人公にした子ども向けの映像作品に出てくる、仲間の機関車のうちの一つで、どういった経緯があってなのかは詳しく知らないが、現在トビー号は大井川鐵道の井川線を走っている。ちなみに、主人公であるトーマス号も、大井川本線で元気に働いている。トビー号は一日二往復、千頭駅と奥泉駅の間を往復しており、週末や観光シーズンなどには、予約で一杯になることも多いようだ。トビー号とトーマス号の両方に乗れる観光プランも用意されていて、子どもたちや鉄道ファンに好評らしい。

大井川鐵道大井川本線はＳＬが走る路線として有名で、川根温泉笹間駅から千頭駅間が不通となるまでは、大井川本線を新金谷から千頭までＳＬで移動し、千頭から井川線に乗り換えてさらに先まで、ということも出来たのだが、今では両線を乗り継ごうとする場合、車かバスを利用しなくてはならなくなってしまっている。井川線はアプト式列車が走る日本唯一の路線であり、こちらも人気があるのだが、ＳＬとアプト式列車の両方を一日で楽しむことが、以前より大変になってしまっているのだ。また、ＳＬだけを楽しみたい方も、運行区間が約半分になってしまっているので、物足らなさを感じることがあるかもしれない。

川根本町笹間駅から千頭駅までは、大井川沿いをずっと走って行くだけだ。景色はずっと素晴らしいいし、季節は秋。所々に紅葉をした木々も見える。しかし、後部座席のお二人は外の風景にあまり興味がなさそうだ。

「せっかく奥泉まで行くのなら、奥大井湖上駅にも行きたかったな」

「うん、そうだね。行ってみる？　たしか、トビー号の後に来る列車があったはずだけど」

「ちょっと調べてみようか？」

「ああ、ありますよ。たしか、千頭を14時40分に出る列車が」

おせっかいだとはわかってはいるが、つい声を出してしまった。

「そうですか。もしそれに乗ったとしても、奥大井湖上駅から戻って来られない、なんてことはないですよね？」

「二十分後ぐらいに、折り返しの列車が来るはずです。ご注意いただきたいのは、それが終電だということです」

トビー号の後に千頭駅を出る14時40分発の列車が、千頭駅発の最終列車となり、それが奥大井湖上駅の一つ先、接阻峡温泉駅で折り返し、千頭駅行きの最終列車になるというわけなのだ。ちなみにそれを逃すと、翌日の11時54分まで千頭方面の列車は来ない。おまけに奥大井湖上駅は、ダム湖に張り出した、半島のような場所に設置された駅で、駅前には旅館や民宿どころか、民家すらない。駅から階段を少し上がったところに、観光客向けのカフェが一軒だけあるが、終電が出る少し前には閉店してしまうし、その奥にはずっと森がつづいているので、万が一終電を逃しでもしたら、ダム湖にかかる奥大井レインボーブリッジを渡り、崖にへばりついた急な階段を上って、すぐにまた下って、駐車場を経由するか、崖の上から森の中の遊歩道を歩き、展望台を経由するかして、県道３８８号へ出るしかない。県道まで出れば、そこから二十分ほど歩いて、接岨峡温泉のある町へ出られるが、大きな温泉街ではないので、急に行ったところで、その夜泊まれるかはわからない。

「そうですよね。どうする？　行ってみる？」

「駅に居られるのも、二十分ぐらいだよね？　上から写真を撮るのも、時間的に難しいか。でも行きたいな」

「うん、行きたい」

奥大井湖上駅の写真といえば、崖の上の県道や展望台から撮ったらしい高い視点からのものが、観光パンフレットや雑誌などによく使われているが、そういった写真が見たければ、観光パンフレットなり雑誌なりを手に入れればいいような気がする。しかし、それを自分の手で撮影したい、と思うのが鉄道ファンなのかもしれない。熱心だな、と感心はするが、無理は禁物だ。今日のところは折り返しの列車が来る二十分間で、無理のない撮影をしていただきたいものだ。

「くれぐれも無理はなさらないよう、お気を付け下さいね」

またしてもおせっかいながら、声を出してしまった。

「わかっています。でもなあ」

「ああ、そうだ、運転手さん、僕たちを奥泉で降ろした後、奥大井湖上駅の上の道まで、迎えに来てもらうことって出来ます？」

「まあ、出来ますけど」

「その場合、運賃ってどうなりますかね？　待ってもらっている間も料金がかかっちゃうんですよね？」

正式には、奥泉駅から奥大井湖上駅までの運賃と、奥大井湖上駅で待っている間の料金がかかる。だからこの場合、奥泉で降りていただいて、奥大井湖上駅へ別のタクシーを呼んでもらうのが、料金的には一番いい方法かもしれない。しかし、他にもやり方はある。

「奥泉駅で一度精算していただいて、そこでさらに奥大井湖上駅からのご予約をいただく、という形が一番いいんじゃないですかね。一応会社の人間なので、営業所に連絡をする必要がありますけど、口頭でご予約いただいた、ということにすれば大丈夫です。その時点でおそらくこの車が奥大井湖上駅の近くにいるタクシーだということになるでしょうし、会社としても帰りも乗っていただけるなら、ありがたいはずですし。奥大井湖上駅までの迎車回送料金として、百四十円いただくことになりますが、あとは通常通りの料金で行けます」

「そうしてもらえると助かります。ねえ、それならさ、列車を降りたら、ホームを出て行く列車を撮って、そのまま崖の上まで行こうよ。そうすれば上からの構図で、折り返しの列車が入って来るシーンが撮れるよね」

「いいねえ、それ。やったよ。ここまで来たかいがあったよ」

大喜びの二人。こちらとしても嬉しいですよ。往復でご乗車していただけるなんて。

千頭駅前は、さほど混んでいなかった。まずはお二人をロータリーで降ろして、踏切を渡り、道の駅奥大井音戯の郷の駐車場へ車を入れた。お二人はまず千頭の駅で出発前のトビー号を撮り、その後踏切付近へ移動し、走行している様子を撮って、この駐車場まで移動してくるそうだ。この間もいわゆる「待ち料金」がかかるが、ある手はずを踏めば、これがかからないようにすることも可能である。本当はよくないことなのかもしれないけれど、今日はまあ、ね。まあ、ね。サービスと言いますか、ね。まあ、ね。これは裏技というほどのことでもないけれども、まあ、ね。大きな声では言えないけれど、まあ、ね。

時間通りに列車は出発し、やがて二人がやってきた。素早く車を出して、次の目的地である、奥泉駅へ向かう。素早く車を出したものの、駅前を抜けてしまえば、それほど急ぐこともない。トビー号は非常にゆっくりと走っているはずだし、線路は道路より少し遠回りしている。この区間の道路は、大雨が降ると通行止めになることもあるが、今日は秋晴れ、いい天気。

千頭駅から奥泉駅までは、車ならばわずか十分程度で着くが、列車ならば三十分ぐらいかかる。トビー号の詳しいダイヤはわからないが、途中の駅には停車しないので、通常のダイヤで走る各駅停車の列車よりはいくらか早いのだろうか。しかし、14時5分に千頭駅を出たトビー号は、奥泉駅で折り返して、15時25分に千頭駅に戻ってくるので、それほど速く走るというわけでもなさそう。とにかく、私たちが奥泉の駅に着いた時には、まだトビー号は到着していなかった。

「それじゃさっきお話ししたように、奥大井湖上駅を16時9分に出る列車を撮影しますんで、その十分後ぐらいに上の県道までお願いしますね」

「承知しました。お気をつけて」

お二人を降ろして、車を出したものの、約束の時間までには随分間がある。とりあえず奥大井湖上駅の方に向かって車を走らせているが、まっすぐ向かえばおそらく、十分ぐらいで待ち合わせの場所に着いてしまう。ちなみに、この区間を列車で移動すると、やはり三十分以上かかる。本当に大井川鐵道井川線の列車は、のんびり走るものなのだ。

時間つぶしのつもりで、途中にある長島ダムの無料駐車場に寄ってみることにした。普通車なら二十五台ほど収容出来る駐車場で、目の前には大井川鐵道井川線の長島ダム駅がある。ここで営業所に電話を入れて、今後の予定を報告しておく。さて、ここに車を入れたものの、特にやることがないな。

車を降りて、駐車場から歩道橋を渡り、長島ダム駅の方へと歩いてみる。駐車場からは道を挟んでいるだけだが、長島ダム駅のホームは、道路より随分高いところにある。歩道橋に上がれば、階段を下ることなくそのままホームにたどり着けるが、なぜか駅舎は道路沿いにあって、駅舎に寄るのならば階段を下らなくてはならない。もっともここは無人駅で、切符は車内で買うようになっているので、時刻表を確認したい、トイレを使いたい、記念に写真を撮りたい、といったような場合以外は、駅舎に立ち寄る必要はない。

ホームに上がって振り返ると、長島ダムがよく見える。長島ダムの上流は、接阻湖というダム湖になっていて、この湖が奥大井湖上駅の方まで続いているというわけだ。

長島駅から一つ千頭寄りの、アプトいちしろ駅までが、日本唯一のアプト式区間である。アプト式とは、急勾配を列車が上がるためのシステムで、二本の線路の間にもう一本ラックレールという歯形のついたレールが敷かれており、ラックホイールオピニオンという歯車が装備された専用の機関車を列車に連結して、レールの歯形と機関車の歯車をかみ合わせ、急な坂を上れるようにしたものだ。井川線の場合は、坂の下にあるアプトいちしろ駅で専用の機関車を連結して、二駅の間にある急勾配を上って来、ここ長島ダム駅で切り離す、という形で運行されている。また、反対方向、つまり長島ダム駅からアプトいちしろ駅へ向かう場合は、ここで専用の機関車を連結して急勾配を下り、アプトいちしろ駅で切り離すようになっている。このように列車が急勾配を下る場合も、アプト式のシステムはスピードが出過ぎないよう、ブレーキのような役割を担うらしい。

しばらく長島ダムと接阻湖を眺めて、車に戻った。するとやがて、アプトいちしろ駅方面から、列車がやってくるのが見えた。先ほど奥泉駅で降ろしたお二人もあれに乗っているはずだ。斜面に張り付くようにして敷かれた線路の上をゆっくりと上がってくる列車の姿は、なかなかに愛らしい。鉄道ファンではなくとも、この光景には心を惹かれるはずだ。

大井川鐵道は個性的な鉄道会社で、鉄道そのものを目的とした観光客もたくさんやってくる。鉄道ファン、鉄道マニア、と呼ばれるような熱心な方ばかりではなく、珍しい列車に乗ってみたい、大井川鐵道の車両たちや、沿線の風景などが醸し出す、独特の旅情を楽しみたい、という方も多いよう。大井川鐵道は、地域住民の足としての役割だけではなく、地域の観光産業を支えるという役割も担っている。

地元のタクシードライバーとしては、この魅力を一人でも多くの方に知っていただきたいと思いながら仕事をしている。もちろん、長島ダムから眺められるこの光景も、多くの方に見ていただきたい。しかし、具体的にどうしたらいいのかが、よくわからないのだ。

気がつくと、スマートフォンでこの光景を撮っていた。いつでも見られるはずなのに、なぜ撮りたくなってしまうのだろう。私にも鉄道ファン、中でもいわゆる撮り鉄の素養があるのだろうか。

列車が駅に着くとほどなく、機関車の切り離しが始まった。長島ダム駅にはアプトいちしろ駅側に引き込み線があり、切り離された機関車はそこに回され、反対側からやってくる列車が来るまで待機、ということになる。今日のダイヤだと、この列車が接岨峡温泉駅で折り返してくるはずなので、そうしたらまた連結されて、アプトいちしろ駅まで戻って行くのだろう。

列車を見送って、車を出した。このまま奥大井湖上駅に向かっても、少し早すぎる。奥大井湖上駅の上を走る県道沿いには駐車場がない。道路脇に車を停められそうなスペースはあるが、「交通の支障になりますので、駐車はご遠慮ください」と書かれた幕が、ガードレールに取り付けられている。そこでお客さんをさっと拾うだけなら、駐車でなく停車ということになるのだろうし、問題ないように思うが、長い時間車を停めるわけにはいかない。

奥大井湖上駅は鉄道の駅なのだけれど、実は車で訪れる観光客も多い。そのため県道から少し下ったところに、観光用の駐車場も用意されている。今日のように天気が良く、美しい紅葉が見られる秋の日などは、駐車場に入る車で道が混み合うことも多い。最終列車が出た後はさすがに空いてくるのだろうけれど、駐車場への進入路は狭く、観光ツアーのバスが数台やってくるだけで、進入路の周囲を含めて、車の流れが滞ってしまうような環境なので、ここを読み間違えるとお客さんを長い時間待たせてしまうことにもなりかねない。

お客さんと待ち合わせの場所として決めたのは、道路脇の「交通の支障に～」と書かれた横断幕がある、あのスペース。最終列車が出た後、観光に来られた方の車が一斉に駐車場から出ようとして混雑する、ということも考えられる。この頃は日の入りも早いし、新たにやってくる車は少なそうだが、もし駐車場に車を入れた場合、その列に巻き込まれてしまう、ということも考えられなくはない。やはり何か、工夫が必要だ。

そんな心配をしながら奥大井湖上駅の近くまで来ると、やはり観光には時間が遅いのか、道は混んでいなかった。ただ、駐車場への進入路から県道へ出ようとする車は、数台並んでいる。それらの事情を考慮して、一旦待ち合わせ場所から少し先にある長島公園の駐車場で時間を調整し、待ち合わせの時間までに戻って来ることにした。

この長島公園の駐車場から、奥大井湖上駅が上から見られる奥大井湖上駅展望所までは、距離にして一キロ前後だろうか。車なら二～三分で行けるし、歩いても十五分かかるか、かからないか、といったところだろう。県道を走って行くと、ちょうど奥大井湖上駅がよく見えそうな場所にトンネルがあるのだが、歩いて行けばそのトンネルを避けるように通っている、車両通行禁止の遊歩道のような道を歩いて展望所へ向かうことも出来る。だから、上からの写真を撮りたい場合、ここに車を停めて歩くというのも一つの手なのではないだろうか。県道は路肩が狭く、歩行には注意が必要だが、小さなお子さんをお連れでもなければ、交通量から考えても、危険を避けることは出来そうだ。しかも、個人的には奥大井湖上駅の駐車場から階段や遊歩道を経由して展望所に向かうより、体力的には少し楽であるようにも思う。ただ、駅まで降りて行く場合は、奥大井湖上駅の駐車場からの方が、若干楽であるような気がする。

また、この長島公園駐車場から県道を渡ってすぐのところには、南アルプス接阻吊橋があり、それを渡って対岸に出、八橋の小道を散策しながら自然を楽しむ、なんてことも出来る。八橋の小道を抜けて真っすぐ行った先には、接阻峡温泉の町があるので、そこで入浴や食事をすることも可能だ。ついでに言うと、この接岨峡温泉の泉質は、全国的にも珍しい炭酸水素塩冷鉱泉で、「若返りの湯」であるとも言われている。

長島公園の駐車場に車を入れ、トイレを借りる。この後は川根温泉笹間駅まで走る予定だ。タクシードライバーはお客さんを乗せている間、トイレに行けない。緊急事態と言えるほどにトイレに行きたくなれば、お客さんに「すみません」と事情を話して行かせてもらうことになるのだろうけれど、それはちょっと格好悪い。これはタクシードライバーとしての美学、と言うほどでもないか。しかし、お客さんにお時間を頂くことになってしまうし、出来れば避けたいことだ。

さて、トイレも済ませて準備万端。待ち合わせの時間は、最終列車が出てから十分後。車で二～三分だが、余裕を持って約束の時間の四分前に駐車場を出た。

少し早く着いてしまったが、例のスペースで、すでにお二人は待っていた。最終列車が出てから十分後、という約束も少し余裕を持たせたものだ。何事も余裕が大切なのである。

「寒くなってきましたねえ」

「日が陰ってくると、急に冷えますよね。どうです、いい写真撮れましたか?」

「バッチリですよ。ねえ?」

「太陽が低くなってきたので、うまく撮れるか心配だったんですけど、まあ、なんとか。わがままを聞いていただいて、ありがとうございました」

お二人とも満足そうだ。よかった、よかった。

「では、出発しましょうかね、お帰りは、川根温泉笹間駅まででですよね?」

「いえ、それが……」

お二人はなぜだか、申し訳なさそうな顔をしている。これはもしかして、キャンセル? でもキャンセルをしたとして、このお二人はこの後、どうするのだろう?

「どうかされましたか?」

キャンセルであるはずはない、とは思うものの、内心気が気でない。この時間までこの山の中にいるのだし、もしかしたら配車係に予約が入ったと嘘をついて、今までサボっていたのではないか、なんて疑いをかけられてしまうかもしれない。そうでなくとも、実際結構な時間を使ってしまっている。

「実は、井川まで乗せて行ってもらいたいんですよ」

「井川までですか? 井川に行ったって、もう列車はないですよ。最終列車がたしか、14時のはずですから。駅の窓口ももう、営業していないでしょうし」

「さっき長島ダム駅で、機関車の切り離しを待っている間に、どうしてもこの路線を全線乗り通したくなってしまって、井川に宿を取ったんですよ。当日だから予約も難しいかな、と思ったんですけど、ダメ元で電話してみたら、なんとかして下さるって。それなら、行くしかないって」

「そういうことでしたら、大丈夫ですよ。ちょっとだけ、会社に電話させてもらっていいですか？」

会社に電話をかけようとしたけれど、携帯電話の電波がつながらない。「ここでは電波がつながらないので、もう少し先で少し停車させていただきますね」と後部座席に声をかけて、Uターンをする形で車を出した。ここから井川の町までは、十二〜三キロぐらいだろうか。川根温泉笹間駅までお送りする場合と比べたら、頂ける運賃は大幅に減ってしまうけれど、仕方あるまい。キャンセルを食らうより、随分マシだ。

途中、長島公園の駐車場に入って会社に電話をかけて、行き先が変更になったことを報告し、どんどん山の奥へと進んで行く。井川駅の一つ手前にある、閑蔵駅の辺りから、急に道が狭くなる。この道は狭いだけではなく、カーブも多い。対向車とのすれ違いが困難な区間もあって、運転には気をつけなくてはならない。閑蔵駅への入り口付近にある案内板には、井川ビジターセンターまで十キロとあるが、運転をしていると「それは本当だろうか？」と疑いたくなるほど、井川が遠く感じられる。

「井川って、なかなかすごいところにあるんですね。井川線の終点ですから、やはり一番奥にある町という感じなんですか？」

道幅の狭い区間に入ったところで、後部座席のお客さんに質問された。

「予約された宿のある辺りが井川本村といいまして、井川地区の中心となる一番大きな集落なんですが、もっと奥にもいくつか集落はありますよ」

「そうですか。随分市街地から離れているんですね」

「井川地区は静岡市に属しているんですけど、静岡の市街地まで出ようとしたら、車で二時間ぐらいかかりますかね」

「はあ。静岡市って広いんですね」

驚いた様子のお二人。たしかに静岡市は広い。井川の先も山梨県や長野県との県境まで、ずっと静岡市だ。

注意深く山道を運転して井川本村にたどり着き、二人のお客さんを降ろした途端、ドッと疲れたような気がした。もう空は大分暗くなっている。これからあの道を戻るのか、と思うと、さらに疲れが増すような気がした。

えいや、と気合を入れて、来た道を戻る。そういえば昼飯も食べていないし、腹が減ったな。帰りながらどこかで、飯を食べようか。

金谷まで戻る途中には、飲食店も所々にあるが、昼の時間しか営業していないところも多い。だから14時、15時と時間が過ぎるにつれ、食事を出来る店が少なくなってしまう。時間はもう17時近い。夜の営業をしている店でも、17時以降に夜の営業を始めるところがほとんどだし、どうしようかな。どこが夜も営業しているのかを知っているわけではないから、やっていそうだなと思っても、やっぱりやっていなかったということもあるだろうし、面倒くさい。コンビニでさっと済ませるか。

金谷の町までなら、一時間半、いやもっとかかるか。いつの間にか随分遠くまで来ていた。しかもこれ、回送だな。迎車回送料金の百四十円どころか、一円も料金は頂けない。完全無料のロングドライブ。

お客さんを乗せて金谷まで帰ることが出来るなら一番いいけれど、そんなに甘くはないよ、タクシー稼業は。でも今日は、あのお二人に結構な距離を乗って頂いたから、売り上げとしてはまあまあだ。これ以上を望んだら、バチが当たる。

空き腹を抱えてしばらく走り続け、最初に現れたコンビニにたどり着いた時には、空はもう、すっかり暗くなっていた。

車を降りて空を見上げる。もう、星が出ている。サンドウィッチとコーヒーを買い、イートインスペースで食べて店を出、車に乗る前にもう一度空を見上げたら、星がとても綺麗に見えた。「いい一日だったな」、思わずそんなことを呟いてしまった。

金谷まで、まだ半分も来ていない、この後も、山道のドライブは続く。真っ暗な山の中を車で走って行くということは、こんなに綺麗な星空の下をドライブして行くことでもあると、ふと気づいた。無料のロングドライブだなんて、つまらないことを言うな。お客さんも乗っていないのだし、一人で楽しく星空の下をドライブ出来るのだ。幸運じゃないか。幸せじゃないか。

車を駐車場から出して、星空の下のドライブを再開する。窓を開けてみたら、冷たい風が入ってきた。寒くなってすぐに閉めてしまったが、冷たい風は気持ちよかった。

民家のない区間に差し掛かった時、もう一度窓を開けて、窓の外に向かい、大きな声で叫んでみた。

「お客さん、今日はありがとうございました」

井川に泊まっているはずの、あのお二人に届くだろうか。届くわけがない。でも、ありがとうございました、と言いたくて仕方がなかったのだ。

今日は本当にいい一日だった。なんていうのはまだ早いか。金谷に戻ったら、もうひと稼ぎしなくてはならない。

ポンポン、と頬でも叩いて気合を入れようかな、と思ったがやめておいた。まだ、星空の下をドライブしている最中だ。気合を入れるのは、金谷に帰ってからでいい。

# 愛した人の面影

【蒲郡】

営業所で、「今日の昼飯はなにを食べようかな」なんてことを考えながら、のんびりしていたところにラッキーな配車。西浦半島先端にある、温泉旅館までお迎えだ。

三河湾にちょこんと張り出した西浦半島。立派な名前がついているけれど、とても小さな半島だ。市街地にも近く、蒲郡駅のあたりから先端まで走っても、十キロちょっとだろうか。半島の付け根にあたる形原漁港あたりからなら、五キロぐらいだろう。

営業所から西浦半島の先端までの、主なルートは二つ。まずは国道247号を西へ進み、しばらく道なりに行って、大坪の交差点を南へ、温泉街道を経由して先端を目指すルート。もう一つは、同じく国道247号を道なりに進んで、大坪の少し手前にある、形原南新田の交差点を南へ入り、形原ブルーブリッジ、西浦シーサイドロードを経由して先端へ至るルート。距離的には温泉街道経由のほうがわずかに短いが、こちらのルートは信号が多く、比較的交通量も多い。対して、形原シーサイドブリッジ、西浦シーサイドロードを経由する場合は、信号も交通量も少ない上に、景色の良い海沿いを走って行かれる。混雑の具合にもよるが、時間的にもこちらの方が早く着ける場合が多いだろう。おれとしては、こちらのルートの方が好きだし、おすすめだ。

お客さんをご案内するときは、ルートの説明をした上でどちらかを選んでいただくことになるのだが、お迎えに上がる時はおれの自由だ。当然、形原ベイブリッジ、西浦シーサイドロード経由で行くに決まっている。

ラッキーな配車、というのはそういう意味で、仕事とはいえ、混んでいる市街地を走っているよりは、信号の少ない海辺の道を走っている方が楽しいというものだ。

呼んでくださったお客さんに感謝しながら、形原南新田の交差点を南下してゆく。この辺りには比較的新しい住宅地が広がっている。海にも近いし、ドラッグストア、コンビニ、スーパー、ホームセンター、ディスカウントストア、家電量販店などもすべて、徒歩、もしくは自転車で行けるぐらいの範囲に揃っていて便利。海岸沿いには北浜公園と春日浦公園があり、散歩をするにもいい。シーズンになれば潮干狩りでにぎわう春日浦海岸だって、徒歩圏内だ。三河鹿島や形原の駅からも、そんなに遠くない。こちらも徒歩、もしくは自転車で行ける範囲内だ。今のところ家を建てる予定もなければ、家を建てられるだけの甲斐性もおれにはないけれど、家を建てるにはいいところだなあと思う。

そんな素敵な住宅街を抜けるとすぐに、形原ブルーブリッジが見えてくる。この橋、ブルーブリッジという名の通り、欄干部分などが青く塗られているのだが、その青さが空のそれとも海のそれとも少し違っていて、なんとも美しい。橋に上がれば、右手に形原漁港、左手に三河湾、少し沖には三河大島、その向こうには渥美半島と、眺めも最高。車を運転しながらでは、あまり脇見はできないけれど、それでも空と海の間を走り抜けていくような感じがして、爽快な気分になれる。

橋を下り、形原漁港の交差点を越えると、道はしばらく海沿いとなる。この辺りからが西浦シーサイドロードだ。ここから先は半島の先端まで、信号が一つもない。しかも左手にはずっと海が見えている。風光明媚な蒲郡市内でもここは、ナンバーワンといえるドライブコースではないだろうか。

ただこのコースは少し短い。形原漁港の交差点から、半島の南端にある西浦パームビーチの前まで走っても、五キロ前後。信号もなく、交通量もさほど多くないので、運転をしているとまさにあっという間だ。

西浦温泉の旅館はこの先端辺りに集まっていて、今日のお迎え先は、パームビーチのすぐ隣にある有名な旅館。日帰りプランでお邪魔したことはあるものの、泊まったことは一度もない。自宅から近いので、今日はちょっと贅沢をしようか、という気になっても、日帰りプランの方がリーズナブルだし、食事をして、温泉に浸かって、自宅まで帰っても、移動で疲れるということもないし、まあ、日帰りプランでいいか、となってしまうのである。

ホテルの前に車をつけると、もうお客さんは玄関の前に立っていた。手を上げて歩いてくるお客さんに軽い会釈をし、ドアを開ける。

「どうも、お待たせしましてすみません」

「いいえ、思っていたより早かったですよ」

さわやかな笑顔と、落ち着いた話し方。感じのいい青年だ。一人でこの旅館に泊まったのだろうか。一人で温泉旅行とは、若いのになかなかシブい趣味をしていらっしゃるな。

「どちらまで参りましょうか？」

「形原漁港までお願いします」

おお、帰りも西浦シーサイドロードか。ツイているな、今日は。

車を転回させ、来た道を戻る。パームビーチの前を通過し、カーブを曲がると、ヤシの並木が見えてくる。ここは最近「蒲フォルニア」と呼ばれていて、人気の写真撮影スポットにもなっているようだ。要するにヤシの並木がアメリカのカリフォルニアっぽい、ということなのだろうが、そう呼ぶにはちょっと並木の長さが短いような気がする。ただし、うまく切り取れば、なかなかにそれっぽい写真が撮れそうだ。

お気に入りのこの道、お客さんにもぜひ楽しんでいただきたいものだ。ルームミラーでお客さんの顔を確認する。楽しんでくださっているかな？　あれ、表情からは気持ちが読めない。視線は海に向けられているものの、難しい顔をしているわけでもなく、にこにこしているわけでもなく。無表情、ともちょっと違うな。

「この辺りは、最近蒲フォルニアと呼ばれているんですよ」

「ああ、ヤシの木が並んでいて、たしかにカリフォルニアっぽいですね」

思い切って声を掛けてみると、にこやかに応えてくれた。ああ、そうか、このお客さん、ただ単にぼんやりしていたのか。

「形原漁港ですが、どちらへお着けしたらよろしいですかね？」

「ああ、形原城のあった場所ってわかります？　今は神社になっているみたいなんですけど」

形原城か。平安時代末期に片原下司次郎師光によって築かれたと伝えられているが、室町時代に形原松平家の祖、松平与福によって築かれたという説もある。小高い丘の上にあるのだが、元々この丘は海に張り出した海岸段丘で、昔は三方を海に囲まれていたらしい。丘の上からの景色は今でも美しいけれど、三方を海に囲まれていた当時はきっと、もっと素晴らしいものだったのだろう。でも、実は西浦の温泉旅館から見られる景色のほうが美しかったりして、なんてことも考えてしまう。ここは蒲郡。西浦温泉に限らず、美しい三河湾を眺められる場所は、あちこちにある。蒲郡で生まれ育ったおれにだって、どこからの景色が一番美しいかなんてわからない。

「はい、わかりますよ。城跡は今、お稲荷さんになっていますね。もしかして、歴史がお好きなんですか？」

「いいえ、歴史にはそれほど興味はないんですけど、実は祖母がこの辺りで生まれ育ったらしくて。だから、ちょっと景色を見せてあげようかな、なんて」

そう言うとお客さんは、ジャケットの内ポケットから小さなフォトフレームを取り出して、中の写真を窓の外へ向けた。

「お優しいですね」

「いや、そんな。ただ、可愛がってもらったから」

ふと、涙が出そうになった。おれ、弱いんだよな、こういうのに。

形原港の手前で左に入り、丘を回り込むようにして形原城跡へ向かう坂の入り口へ。ここからは少し狭い道を登ることになる。車で入っていけないことはないし、上にも一台か二台なら、車を停められそうなスペースがあるのだが、上までさほど距離はないし、坂を登りながら開けてくる景色もいい。

「形原城跡はこの上なんですが、どうしましょう。車でも行けないことはないんですけど、この坂を登っていくと、海と港がよく見えるんですよ。形原城についての説明の看板や、お稲荷さんのある上の方は木に覆われているので、景色を眺めるなら、この坂からか、お稲荷さんの入り口にある、駐車場なのかな、ちょっと広くなっているところがあるんですけど、そこからか、というとことになるんですけど」

「そうですか。それなら歩きます。それで、帰りなんですけど、どうしたらいいですかね？」

「まあ、私が近くで待っていてもいいですけど、電車で帰られるなら、生まれ育った町をお祖母さまに見せてあげながら、駅まで歩いて行かれるのもいいんじゃないですか。西浦の駅まで徒歩で十分ちょっとかな。この時間なら、蒲郡駅行きは毎時二十分発と五十分発ですね」

「それ、いいですね。そうします」

お客さんを降ろして車を出したら、なんとなく胸がざわざわした。お祖母さまの遺影を胸に形原城跡を訪ねる青年。ここで生まれ育ったお祖母さまは、子どもの頃、あのお稲荷さんで遊んでいたのだろうか。いや、赤の他人なのだけれど。あの青年はただのお客さんで、お祖母さまは会ったこともない人なのだけれど。

あの青年が、どこからやって来たのかは知らない。でも、旅館に泊まっているくらいだから、きっと遠いところから来たのだろう。わざわざ遺影を持って、景色を見せてあげようなんてことをするぐらいだから、お祖母さまもここ蒲郡ではなくて、どこか遠い町で暮らしておられたはずだ。この町を出て、どこか遠い町へお嫁に行ったのかな。それとも、お仕事の関係か何かで、遠い町に引っ越していかれたのかな。

おれの大好きな、この町の景色。潮風。お日様の光。この町から離れたことのないおれに、それらとお別れする寂しさを理解できるはずもないけれど、想像することはできる。

いてもたってもいられなくなっておれは、形原漁港内にある「味のヤマスイ」こと、山本水産に向かった。「味のヤマスイ」は、蒲郡の名産品であるメヒカリの唐揚げ発祥の店、ともいわれている、主に魚介類を扱うお店だ。おれの心はもう、あの青年にお土産を、いいや、あの青年のお祖母さまにお土産を、という感じになってしまっている。どうしてそうなる？　自分でも思う。でも、そうなる。おれの魂がそうさせるのだ。

実はおれも祖母を、数年前に亡くした。おれの祖母も、おれをとても可愛がってくれた。優しい人だった。両親も手を焼くような悪ガキだったおれを、いつも気にかけてくれていた。

親父からはよく、「おまえなんか、この家から出ていけ」と言われた。おふくろからはよく、「そんな子に育てた覚えはない」と言われた。でも祖母からは、そんな類のことを、一度も言われたことがない。気も強いし、言葉も荒い人だったら、厳しく叱られることも多かったけれども、最後はいつも、「しっかりやれ。しっかりやって、ちゃんと一人前になれ」と、やさしく励ましてくれた。

そんな祖母の最大の関心事は、おれの腹が減っているか、いないかだったように思う。夜通し遊び回って帰った明け方、家族で一番早起きだった祖母はおれに、「腹は減ってないか？」と必ず聞いてくれた。「減っている」と答えると、炊き上がったばかりの熱いご飯を茶碗によそって、うちわであおいで少し冷まして、おむすびを握ってくれた。おむすびはいつも、温かかった。おむすびの中身はいつも、おれの一番好きなおかかだった。

祖母はおれにとって、おふくろよりもおふくろだったのだ。

あの青年はきっと、おれよりはいい子だったのだろうと思う。でも、お祖母さまを大切に思っているということは、あの青年のお祖母さまも多分、おふくろよりもおふくろ、だったのではないだろうか。もしそうでなかったとしても、同じおばあちゃん子同士。祖母を亡くした寂しさは同じ、とまでは言えなくとも、きっと近しいものがあるはずだ。

祖母を亡くすということは、決して悲しいことではない。順番通りだから。人には寿命ってものがあるのだから。ありがとう、お疲れさん、やたらと熱くなるまぶたを指で押さえながら、そんな言葉をつぶやいて、静かに花を供えるだけ、そういうこと。一人の人間が生を全うした瞬間、それに立ち会うだけのこと。しかも祖母の場合は、九十歳を超えての大往生だった。充分に長寿だ。おめでたいことだ。

ただ、悲しくはなくとも寂しくはある。順番通りだけどね。人には寿命ってものがあるから、仕方ないのだけれどね。

だからといって、おれがあの青年のお祖母さまにおみやげを渡したがるのは、少し変な話なのかもしれないけれど、理屈じゃ割り切れないのがこの世というものですよ。

まあ、いいって、細かいことは。とにかく何か買おう。

ここには、メヒカリの唐揚げが売っている。ちゃんと粉もまぶしてあって、あとは油で揚げるだけ、という感じのやつ。冷凍されているし、発泡スチロールの箱に入って売られているから、一日やそこらはきっと大丈夫だろうけど、あの青年、今日家に帰るのかな。さっき帰りはどうしたらいいか、みたいなことを言っていたけれど、家に帰るとは言っていないしな。今日帰るんじゃないかな、という気はするけれども、そうとは言い切れない。蒲郡駅の方まで帰る、みたいな意味かもしれないし、帰りにどこかでもう一泊していくかもしれないよな。その場合は宿で冷蔵庫に入れさせてもらうことになるのか。その場合、発泡スチロールの箱から中身を出して冷蔵庫に入れてもらうのか？　それとも箱ごとか？　いや、箱ごとじゃ冷えんな、多分。というか、実際は何日もつものなのだろうか。意外と長い期間大丈夫だったりして。ああ、そんなの店員さんに聞いてみればいいか。ああ、やっぱりだめだ。あの青年のおみやげじゃなくて、お祖母さまのためのおみやげだ。だから、仏壇の前とか位牌の前とか、そういうところにしばらくお供えしてもらえるかも。となると、どの道あまりこのメヒカリの唐揚げは適していないように思える。常温で長い期間保存できそうなものがいいだろう。メヒカリの唐揚げ、うまいんだけどな。

きょろきょろしながら売り場をうろついているうちに、「おふくろさん」という商品が売られているのを見つけた。並べられていたのは、焼きのりの隣。これなら、常温での保存が可能なんじゃないか？　しかも商品名は「おふくろさん」。うん、これだ、これしかねえ！

おれは素早く二袋買い求め、車に乗って形原城跡へと向かった。先ほど青年を降ろした場所から狭い坂道を上っていくと、坂の上で青年がまだ海を見つめているのが確認できた。よかった、間に合った、とホッとしておれは、坂の上のスペースにゆっくりと車を入れた。

「ああ、さっきの運転手さん。どうしたんですか？　僕、忘れ物でもしました？」

「いいえ。これを、と思って」

そう言っておれが「おふくろさん」を差し出すと、青年は困惑したような顔をしながらも、それを受け取ってくれた。

「おふくろさん、か。へえ、中のものを全部混ぜるだけで、佃煮が出来るんですね」

「そうです。今そこで買ってきたんですよ。お祖母さまへのおみやげにどうぞ」

「わざわざありがとうございます。あれ、でもこれ、福岡県の会社の製品みたいですね」

裏返したり表に戻したりして、パッケージを見ていた青年がそう言った。そうか、これ福岡県の会社の商品だったのか。だから知らなかったのだな。地元の名産品だったら、大体知っているものな。

「すみません。今日ご自宅まで帰られるのかどうかもわからなかったもんで、日持ちのするものがいいだろうな、なんて考えてそれにしたんです。そうか、福岡県の会社の商品だったのか。まったく、おっちょこちょいですね。蒲郡のおみやげを持って帰ってもらおうと思っていたのに」

「いえいえ、観光地のおみやげが他の地域のものだったなんてことは、結構ありますよね。海のものって感じがするし、美味しそうだし、きっと祖母も喜んでくれますよ。佃煮も、大好きでしたから」

「そうですか。お好きだったんならよかった」

よかったのかな、本当に。でもまあ、喜んでいただけたようではある。

青年と別れて、ブルーブリッジをまた渡る。とりあえず営業所に戻ろうかな。それとも駅にでもつけようかな。こうやって楽しく走っている間に、またラッキーな配車が入らないかな。

都会のタクシーなら、お客さんのいそうな場所を流すということも出来るのだけれど、郊外の町のタクシーは、どこかのタクシー乗り場や営業所でお客さんを待つか、配車センターからの配車を待つしかない。とにかく待ちの仕事なのだ。配車を待つにしても、今はGPSで各車の位置が把握されており、待っているお客さんに一番近い車が自動的に呼ばれるようになっている。だから、「流し」の営業はしなくとも、お客さんの多そうなところに車を向ければ、配車が取りやすくなるはずなのだが、暇な日はどんなに工夫をしても、なかなか呼んではもらえない。今日はおそらく暇な日。水揚げはきっと厳しいぞ。

こんな日は正直、あまりやる気が出ない。まあ、一仕事終えたわけだし、営業所に一回帰って、缶コーヒーでも飲みながら一息つくか、なんて気持ちで営業所に戻る途中で、また配車が入った。お迎え先は、浜町にある工場だ。カーナビにしたがって車を着けると、事務所の前で若い男性が待っていた。素早く車を停めて、ドアを開ける。

「どうも、お待たせしましてすみません。どうぞ」

「いいえ。思っていたより早かったですよ」

このセリフ、さっきも西浦の旅館の前で聞いたな。

確かに、GPSのシステムが導入されてから、お客さんに一番近い車が配車されるわけだから、呼ばれてから到着するまでの時間は短くなっているはずだ。つまり、お客さんを待たせることが少なくなっている。しかも今日は、比較的暇な日。混んでいる日ならまだしも、今日なんて、お客さんをたいしてお待たせするはずがないのだ。それなのになぜおれは、「お待たせしましてすみません」なんて、言ってしまうのだろう。おかしいではないか。かといって、「早かったでしょう？　うちの車には、全車にＧＰＳのシステムがついていましてね。あまりお待たせしないようになっているんですよ」なんて自慢するわけにもいかない。じゃあ、なんて言う？　でもな、「お待たせしました」なんて、早い、うまい、安いの三拍子がそろった、牛丼屋さんでも言ってくれるもんな。牛丼が出てくるまで、あんなに早いのにな。じゃあ、いいか。うちのタクシー、牛丼屋さんよりは大分お待たせするからね。

「どちらへ参りましょう」

「蒲郡駅までお願いします」

「承知しました」

スーツをビシッと着こなしている、感じのいい青年。笑顔もさわやかだし、人当たりもよさそう。営業マンかな。今日はここの工場に商品を売り込みにでも来たのだろうか。ここから蒲郡駅までは、車ならすぐだけれども、歩きでは少し遠い。タクシーを利用しても料金は知れているか ら、こうして気軽に利用してもらえるのだろう。この辺りには、工場が集まっているから、他の工場からも呼んでもらえることがある。きっとちょうどいいんだよな、この距離感が。

そんなことを考えながら車を走らせていると、後ろから「竹島か」という声が聞こえてきた。場所は港橋へと続く坂の途中。ちょうど右手に竹島が見えてくるところ。

「ええ、竹島ですよ」

ミラーをのぞきながらそう答えると、青年は驚いたのか、肩をビクッとさせた。

「聞こえちゃいました？」

「ああ、すみません。聞かなかったほうがよかったですか？」

「いや、別にいいんですけどね。ところで運転手さん、竹島に続くあの橋をカップルで渡ると別れるっていう噂、知っています？」

「たしかに、昔からそんな噂はありますね。それこそ、私が若い頃から」

「そうですよね。ボク、それ、知らなかったんですよ。だから、彼女と渡っちゃって。失敗したな」

「でも、そういう噂って、どこにでもあるじゃないですか。どこそこの観覧車とか、どこそこのボートとか。来るカップルが多いから、別れるカップルも多い、そういうことなんじゃないですかね」

「非科学的であることはわかっているんですけど、どうしても悔やんじゃうんですよね」

悔やむべきはそこじゃないんじゃねえのかな。もっと優しくしてあげればよかったとか、もっと彼女の気持ちを考えて行動すればよかったとか、あの時、あの場所で屁をこかなきゃよかったとか、あの日ちゃんと鼻毛をカットしていけばよかったとか、そういうことなんじゃねえの？とは思うけれども口にはしない。デリケートな問題だものな。

橋を渡った先の信号で停まった際に、ルームミラーをのぞいてみたら、青年は今にも泣きだしそうな顔で竹島を見つめていた。よほど未練があるのかね。あんまり未練たらしいのはみっともねえぞ、なんて思うけれども、これも口にはしない。デリケートな問題だからね。

蒲郡駅はもうすぐそこ。どこから来たのかは知らないけれども、さっさと電車に乗って、さっさと帰りな。また営業で蒲郡に来るかもしれないけれどもさ、それまでにはすっぱりと未練を断ち切りな、なんて思うけれども、これも口にしない。ああ、デリケートな問題って疲れるな。

未練なんてものは、スパッと断ち切るのが賢い。一度相手に嫌われてしまったのなら、関係を修復するのは容易なことではないし、どんなにこちらが相手を愛しているつもりでも、向こうにとっては関係ない。嫌いになってしまった相手に、好きだの愛しているだの言われても、迷惑なだけだ。終わってしまえば寂しくて、残酷なものなのだよ、恋愛なんてものはな。

というか、なんでおれがこんな気分になっているんだよ。おれだって今はこんなだけども、遠い昔にはつらいこともあったんだよ。嫌なこと思い出させないで欲しいな。

明るく陽気に行こうよ。過去より現在、現在より未来。

ああ、やっと蒲郡駅だ、すぐ近くなのに随分遠く感じたな、なんてことを考えていると青年が信じられないことを言いだした。

「運転手さん、すみませんが駅をスルーして、このまままっすぐ行ってくれませんか？」

正直「マジかよ……」と思った。しかし、今日はおそらく暇な日。少しでもメーターの数字を進めたいのが正直なところ。こういう雰囲気は苦手だけれど、これも仕事だ。ありがたいことだと思って、頑張らないと。

「かまいませんが、どちらの方まで？　やっぱり竹島ですか？」

「あの、三谷温泉の近くに、大きなお坊さんの像が立っているところがありますよね？」

「弘法さんの像ですか？　山のてっぺんの」

「そうです、そうです。あそこに連れて行ってください」

「かしこまりました」

ははん、きっとこの人、別れた彼女とこの蒲郡でドライブデートをしたんだな。三ヶ根山スカイラインでも走って、竹島にでも寄って、あの弘法さんの足元にある「ラバーズヒル」とかいう展望台で夕日を眺めて、みたいな。いいデートコースだけれども、恋愛がうまく行くとは限らないね。

駅前を通過し、さらに東へ。この時間なら弘法さんの足元まで、十五分もかからないだろう。後ろの青年に、声はかけない方がいいわ。十五分間、黙って安全運転だ。思い出だの未練なんてものは、ご自分の頭の中で上手に処理していただきたい。

そう思って黙って運転していたのに、すぐに後ろから声が飛んできた。

「すごく、いい人だったんですよ。やさしいというのか、心が広いというのか」

「はあ」

「はあ」以外の言いようってある？

「犬を飼っていましてね。ミニチュアダックス」

「ああ、あの可愛い」

我ながらつまらない返し方だな、とは思うけれども、他に返しようがあるの？　頑張っているよね？　おれ。

「そうです。あの可愛い犬です。彼女、とても可愛がっていましてね。僕もあのミニチュアダックスのように可愛かったら、愛してもらえたのかな」

あのさ、なんでそういう理屈になるのかな？　彼女は別に可愛い犬しか愛せないってわけじゃないんじゃないの？　きっと人間だって愛せるよ。かっこいいとか、やさしいとか、尊敬できるとか、そういうことがあればさ。それらが君になかったから、フラれたんじゃないの？　きっと。

なんかこの青年、ピントがズレているような気がするな。独りよがりぽいっていうのか。そもそも、おれにこんな話をすること自体、ピントがズレているだろう。こんな話は、ちょっと渋めのバーのマスターにでも聞いてもらえよ。ウイスキーでも舐めながら、しみじみとさ。

なんてことを考えてしまうのは、よくないことなのだろうか。よい、悪いというより、人としての厚みがないというのか、器が小さいというのか。若者のこういう話を広い心できちんと聞いてあげられるのが、真の大人というものなのかもしれない。見た目はおじさんでも、中身はガキだな、おれは。見た目は若々しく、中身は大人っぽく、っていうのが本当は一番いいんだろうけれどね。未熟な人間だよ、おれは。

もういいや。余計なことは喋るまい。適当に相槌だけ打っていればいいんだよ、実力がないんだから。

三谷温泉の交差点を左に入れば、すぐに弘法さんの足元へ。さっき青年に、「山のてっぺんの？」なんて言ったけれども、山というほどの山ではないな。でも、山といえば山か。余計なことを悩むな。山でも、丘でも、ちょっとしたこんもりでも、なんでもいいや。とにかく坂を登って行けばすぐ着くような、低い山。

「着きましたよ。ええっと料金は……」

「すみませんが、ちょっと待っていてもらえます？　帰るのにどうせタクシーを呼ばなきゃならないと思うので」

「そうですか。じゃあ、一回メーターを止めましょうかね」

「いいんですか？　ありがとうございます」

ここなら、そんなに時間はかからないだろう。大体いつも、五分から十分ぐらいならメーターを止めておくことが多い。帰りも駅まで乗ってくれるようだし、こちらに損はないどころか、却ってありがたいぐらいだ。

「では、こちらで待っていますね」

おれがにこやかにそう言うと、青年は少し顔を曇らせながら、おずおずと口を開いた。

「あの、一人で行くのがつらいので、ちょっとそこまでついて来てもらえませんか？」

「そこまでって、あの展望台までですか？」

「そうです。実はあの展望台のところに、彼女と以前鍵をかけまして、それを一人で見たら、自分はどうなってしまうのか……」

意気地がないねえ、本当に。

この丘は、ラバーズヒルと呼ばれていて、恋人たちの聖地というのか、カップルがやってきて、そこのお寺や周辺のホテルで買った南京錠を、展望台のフェンスにつけてゆくという、風習ではないか、アトラクションでもないか、おまじない、もしくは願掛けのような、なにがしがある。

二人の心に鍵をかけて、なんていう意味がきっと込められているのだろう。でも、そういうことをやる時というのは、大体が一番いい時だ。やがて倦怠期が来たり、せっかく二人の心にかけた鍵を、第三者がどこからか割り込んできてこじ開けようとしたりと、困難がやってくるもの。それらを乗り越えてこそ本物だとは思うものの、乗り越えられないことは往々にしてある。願いを叶えてくれるのが神様か仏様か知らないけれども、願いが必ず成就するなら、神前や仏前、キリストさまの前なんかで結婚式を挙げた夫婦は、絶対に離婚しないことになる。願いだの誓いだのといったものは、所詮そんなものだ。あそこのフェンスには南京錠がたくさんついているけれども、あれをつけたカップルの果たして何割が、今も仲良くやっているのだろうか。

ああ、いかん。こんなことを考えては。でもね、この年まで生きていると、ピュアな心なんてものは、どんどんやせ細ってしまいますよ。現実というものに毒されちゃったんだな、きっと。でもね、この青年もだんだんと現実を知り、おれのようになっていくのかもしれない。世の中って世知辛いなって。まあ、いいや。そういうこっちゃ。今日はこの未来ある青年に付き合うか。現実を見つめてこそ、人は強くなれるのさ。

「わかりました」と頷いて、青年と肩を並べ、展望台へと歩いて行ったのだが、階段の入り口にあるアーチの前で、青年の足が止まってしまった。このアーチには、「恋人たちの丘・ラバーズヒル」と書かれた、プレートが掲げられている。青年はそのプレートを、じっと見つめている。

「どうされました？」

質問をしたのに、青年は答えない。ただじっと、プレートを見つめている。そのうちにボロボロと、大粒の涙をこぼし始めた。

なんと声をかけるべきなのだろうか。それともただ、黙っていればよいのだろうか。どうであれ、かける言葉が見つからない以上、黙っているしかない。結果としておれは、黙って展望台の先に見える、海を見つめていることになった。

かける言葉が見つからない時には、相手の気持ちに寄り添って考えるのがよいのではないだろうか。今ではこんな図々しい、情緒だとか繊細さだとかいうものとは、まったく遠くなってしまったおれだけれども、昔からこうだったわけではない。若い頃もあったし、失恋をしたことだってある。そう、たとえばあの時。ここではないが、蒲郡にはいくらでもある海の見える丘の上で、好きだった女性を思い出して、涙を流したことがあった。若者に対して偉そうに、「未練なんてみっともねえよ」なんて感情を抱いたところで、おれも同じだ。おれとこの青年の違いは、若いか、歳を取っているかだけだよ。あるある、あるよな、こういうことって。わからないでもないよ、こんなおっさんにだって。すまないねえ、青年。おっさんてのはさ、なんだかわからないけれど、こうなっちゃうのよ。思い出したくないことや、自分に都合の悪いことは忘れちゃってさ、どんどん鈍くなっちゃってさ、図々しくなっちゃってさ、偉そうになっちゃってさ。いいんじゃね、繊細な心。哀しいけれど美しいかもな、今君が心に抱いている感情ってさ。

「そこの喫茶店、行ったことあります？」

おれは展望台のすぐ横にある喫茶店を指差しながら、青年にそう声を掛けた。

「いえ。前に来たときは寄らなかったです」

「じゃあ、ぜひ。ここと同じぐらい景色がよくて、コーヒーがめちゃめちゃにうまいんですよ。豆から挽いてくれて、一杯一杯、ネルでドリップしてくれて。今日は私がおごりますよ」

ポンポンと青年の肩を二回。なんかシブくない？　おれ。青年は黙って頷いてくれた。

コーヒーってのは、ほろ苦い。でも、ネルで淹れると、いくらかスッキリするように思う。ほろ苦いってのは、うまいんだ。ネルでスッキリさせると、もっと、うまいんだ。

コーヒーは、ほろ苦いからうまい。しかし、ほろ苦さにも、質がある。豆の具合や淹れ方によって、うまくも不味くもなったりする。質の良いほろ苦さを味わうには、経験や技術が必要なのだ。人生もきっと同じさ。

なんて、やっぱちょっと偉そうかな。すまないねえ。おっさんなもんで。

# 私もそろそろ一人前

【郡上八幡】

朝起きてすぐに、静香は顔を洗った。顔を洗った後は、水道水を手に取って、口をゆすぐ。口をゆすいだら、もう一度水道水を手に取って、ちょっとだけ飲む。歯を磨くのは、朝食を済ませてからだ。

高校を卒業するとすぐに、親友の愛子は東京へ出て行った。愛子の次に仲が良かった利佳子は、名古屋へ出て行った。利佳子の次に仲の良かった恵は、岐阜市へ出て行った。

皆、郡上より大きな町へ出て行ったのに、静香だけは、郡上に残ることになった。父が経営する会社で、事務員として働くことになっていたからだ。本当は静香も大きな町へ出て行きたかったが、両親は将来静香に婿を取らせ、家業を継がせるつもりでいたので、家を出ることを許してもらえなかったのである。

大きな町へ出て行った友人たちは皆、帰省をしてくるたびに、「やっぱり郡上が一番いいわ」と言うけれど、誰もこの町には戻って来ない。

友人たちが帰省するのは、決まって夏だ。それも、お盆ごろ。お正月にはあまり帰ってこない。お盆に返ってくるのは、会社のお盆休みに合わせてということなのだろうが、お正月にだって、休みはあるはずだ。それなのに夏にしか帰ってこないのは、彼女らがただ、踊りたいだけだからなのではないかと、静香は考えている。

郡上といえば、郡上おどり。郡上おどりは七月中旬から、九月上旬にかけて、市内各所で行われる。なかでもメインとなるのが、お盆の頃に行われる徹夜おどりだ。彼女たちは、徹夜おどりの日の少し前に来て、踊りまくって帰って行く。一年で一番楽しい時に郡上に帰ってきて、終わったらさっさと都会の生活に戻って行けるのなら、きっと郡上もいいところだろう。

静香の心がもやもやするのは、そんな彼女たちの行動が原因ではない。静香はタクシードライバーなので、徹夜おどりの日は深夜まで働かなければならないのである。だから、友人たちがお盆に帰省してきても、一緒に徹夜おどりを楽しむことが出来ないのだ。

静香は現在、シングルマザーとして実家の助けを借りながら、二人の娘を育てている。別れた夫とは父の紹介で、お見合いのような形で出会った。やさしそうな人だった。頼りがいのありそうな人だった。仕事がよく出来る人だとも聞いていた。跡取りとして婿入りするという、結婚が難しくなる条件があったにも関わらず、こんなに素敵な人と出会えた私は、なんて幸運なのだろうと、その時静香は思っていた。

結婚式には友人たちも参列してくれ、盛大に祝福してくれたし、父は静香たち夫婦のために、実家からほど近いところに、新居を建ててくれた。結婚して二年後には長女が生まれ、三年後には次女が生まれた。静香の人生は、順風満帆であるはずだった。

歯車が狂い始めたのは、次女が生まれた少し後だった。次第に夫の帰りが遅くなるようになり、それからはお決まりの浮気騒動。静香は世の多くの妻がそうであるように、激しい怒りや悲しみ、悔しさといった感情に苛まれたが、静香以上に激しく夫を責めたのは父だった。

静香は夫の浮気が発覚した当初、夫に反省を促し、二度と浮気はしないと誓わせ、夫婦関係を再構築するつもりだった。しかし父は、それを許さなかった。

大切な娘を悲しませるようなことをしやがって、という父親としての感情もあったのだろうが、父は会社の後継者として、夫に大きな期待を寄せていたので、失望もあったのだろう。浮気が発覚するとすぐに夫を家からも、会社からも追い出してしまった。離婚の手続きは父が依頼した弁護士を通して行ったので、それから元夫と静香は、一度も顔を合わせていない。

父は元夫を追い出した後も会社の経営を続けていたが、自分の引退後には会社を畳むか、だれかに譲る決意をしたようだった。会社の跡取りを得るために、という父の意向によって、地元に残ることを強いられ、結婚までした静香であったが、これで晴れて自由の身に、というわけにはいかなかった。二人の子どもを抱えて生活してゆくには、手に職があるわけでもなく、収入面での不安があるし、育児の面においても、そのまま地元に残り、両親の助けを得るのがもっともよい方法であるように思えたからである。

二人の妹たちは高校を出ると地元を出て行き、やがて友人たちと同じように、お盆の頃にだけ帰ってくるようになった。そんな妹たちの様子を見るたびに、静香は理不尽さを感じずにはいられなかった。なぜ私は地元に残らなければならなかったのだろう、なぜ私は地元に残ったのに、あるいは残らされたのに、父の会社を継ぐことが出来なかったのだろう。静香は若き日にした自分の決断を、悔やむようになっていた。どうせこうなるなら初めから、お父さんの言うことなんて、聞かなければよかったと。あの時この町を出ていれば、もっと違った人生があったのかもしれないと。

離婚後も静香が、生活に困ることはなかった。長女を妊娠したのをきっかけに、家事や育児に専念するため、父の会社を退職したが、離婚後は職場に復帰したし、育児についても母の協力を得られている。ただ、そんな生活が幸せであるのかどうかは、静香自身にもわからなかった。友人に愚痴をこぼしても、「かわいい娘が二人もいて、生活に不自由もないんだから、幸せじゃないの」と言われてしまう。たしかに二人の娘たちは、静香の生きがいだ。だが、子どもがいるだけで、人生は充分なのだろうか。もしそうなら、すべてのおかあさんやおとうさんは、幸せなのだろうか。子どもがいるからといって、生活に困ることがないからといって、それだけで幸せだといえるのだろうか。

あんたは禅寺の和尚さんか、と他人から言われるぐらいの人物であれば、生きているだけで、生かされているだけで充分、なんてことを涼しい顔をして言えるのかもしれない。ただ、静香がそうなるためには、経験が圧倒的に不足している。自分が正しい道を歩んでいるのか、自分にとってもっと素敵な生活があるのだろうか、ないのだろうか。そんな疑問に答えを出せるほど、静香は人生を知らない。

これが悩みと呼べるものなのかどうかも、静香にはわからなかったが、この気持ちを理解してくれそうな人は誰もいなかった。誰にもわかってもらえない以上、この問題に答えを出すのは自分しかいないと、やがて静香は考えるようになった。

とにかく足を踏み出してみなければ、何も始まらない、そんなことを考えながらも何も出来ずにいた時、父の知り合いのタクシー会社の社長から、「人手不足でねえ。誰かいい人いない？」との、愚痴とも相談ともとれる話を聞いた。その時は、「いい人ねえ……。誰かいたら紹介しますけど、あんまりあてにしないでくださいね」と軽く流したが、なぜかその社長の言ったことが、静香の胸の中に残っていた。

その夜布団に入ってからも、社長の言葉が思いだされた。タクシードライバーって大変そうな仕事だけれども、自由で楽しそう。でも、人手不足だっていうぐらいなのだから、なり手が少ないのかな。どうしてだろう。でも、タクシーを運転するために必要な、二種免許だっけ？　あれを持っていれば、いざという時にも、就職には困らないかも。今はお酒を飲んだときなんかに、自家用車を自宅まで代わりに運転してきてくれる運転代行という仕事もあるし、タクシードライバーとしてのスキルがあれば、その仕事にも就きやすそうだ。そうなれば、仮にどこかの町に引っ越すことになっても、なんとか食べていかれるかもしれない。

考えれば自分は今まで、どう生きるか、なんてことを考えたことがなかった。地元に残り、父の会社の後継者となる人と結婚をする、という決断をしたのも、自分でありながら、自分でなかったのかもしれない。子どもの頃から、長女だから、跡取り娘だから、と周囲から言われ続け、そうするのが当たり前だと、思い込んでいただけだったような気がする。就職試験というものすら、私は受けたことがない。高校を卒業したら父親の会社で働くと、決まっていたから、私はどうしたいのか、何をしたいのか、ということを考えたことすら、あっただろうか。

静香はこの町やこの家が嫌いなわけではない。ただ、この町やこの家以外の場所を知らないだけだ。しかし、この家やこの町を出て行くのは容易なことではない。子育てのこともあるし、生活のこともある。だが、自分の知らない世界はこの町の、この家のすぐ近くにもある。タクシーの世界だってそうだ。タクシードライバーになれば、色んな人をタクシーに乗せて、あちこち走り回ることになる。走り回るのは主に、この町の中かもしれないし、乗客のほとんどはこの町の人かもしれない。でも、この町のことをすべて知っているわけじゃないし、この町の人全員と、顔なじみであるわけでもない。

静香はタクシードライバーとなった自分の姿を想像すると、いてもたってもいられなくなり、翌日の昼休みに、タクシー会社の社長に直接電話をしてみることにした。社長は「本当に来てくれるならありがたいけど、なかなか難しいでしょう?」と、あまり真剣に話を聞いてくれなかったが、それでも静香は何度でも頼んでみるつもりでいた。

ところがその夜、夕食を済ませてのんびりしているところに父親から電話があり、実家に呼び出された。ゲームをして遊んでいる娘たちに、「なにか用事があるらしいから、ちょっとおじいちゃんの家まで行ってくるね」と告げ、すぐに実家に向かうと、父親はリビングで難しい顔をして座っていた。

「お父さん、用事って何?」

ソファーに腰を下ろしながらそう切り出すと、父親は一度俯いてから静香に顔を向け、ゆっくりと口を開いた。

「おまえ、一体何を考えてる?」

「何が?」

「社長が困って電話をしてきたぞ。どうしたらいいのかって。おまえ、タクシードライバーになるのか?」

父親は怒っているのではなく、困惑しているようであった。父親が困惑している理由は、静香にもわかった。これまでにタクシードライバーになりたいと言ったことは一度もないし、それどころか、自分から積極的に何かをしたいと言ったことがないからだ。

「うん。やってみたいな、って思ってる」

「今の仕事はどうする？」

「辞める」

父親は呆れたように、大きなため息を一つ吐いた。

「辞めるって言ったって、おまえは今まで、うちの会社でしか働いたことがないだろう。だから、今の生活をずっと続ける方がいいと思うぞ。おまえにはわかっていないんだ。外の世界がどんなに厳しいものなのかがな」

「でも、お父さん、引退したら会社を畳むか、誰かに譲るんでしょ？　そうしたら私、どうやって生活して行けばいいの？」

「おまえの将来のことは、父さんだって考えているよ。わたしが死んでも、おまえたちが困らないよう充分な財産を残すとか、おまえに向いた新しい事業を考えて、おまえを代表とした新しい会社を興すとか、そんなことを色々な」

父親の言葉を聞いて、静香は複雑な感情を抱いた。父親からの愛情は充分に感じるが、それが本当に私のためになるのだろうか。

「私の将来のことまで考えてくれているのはありがたいけれど、それじゃ私はいつまでもお父さんから独立できない。いつまでもお父さんの子どものまま」

「そうかもしれんが、おまえが世間知らずの箱入り娘であることは事実だよ。それはわたしたち親の責任でもある。だからおまえが、一生生活に困らないようにしてやらなきゃならないんだよ」

なんという言い草だろう、と静香は思った。世間知らずの箱入り娘、それはそうかもしれないけれども、今や私にだって娘が二人いる。いつまでも娘ではいられないし、世間知らずならば、これから世間を知ればいいんじゃないの？　むしろ私は、初めからそのつもりだよ？

大きなお世話だ、と本当は言い返してやりたかったが、静香にはそれが出来なかった。父親に悪気がないのはわかっているし、悪気がないからこそ、父親の考え方を変えるのは難しい。うまい説得の仕方を静香はここで、考えなくてはならなかった。

「世間知らずなのはわかってる。だから私、世間を知りたいと思ったの。それから、これだけはわかって。お父さんには感謝してる。お母さんにも。でもね、今お父さんが言ってくれたみたいに、将来私に合った事業を探すにしたって、世間知らずじゃどうしようもないでしょ？　勉強だと思って許してよ。あそこの社長さんならお父さんとも親しいし、その点では安心できるでしょ？　私、結婚に失敗しちゃって、心配をかけっぱなしだけど、いつかはお父さんとお母さんを安心させたいの」

「結婚に失敗したのは、おまえのせいじゃないだろう。あいつがあんな奴だと見抜けなかった、わたしの責任が大きい」

「そんなこと言わないで。私にだって悪いところはあったと思う。私が相手のことをもっとよく見ていれば、失敗しなかったのかもしれないでしょ？」

「おまえはなにも悪くない。すべてあいつとわたしの責任だ」

言い終えると父親は、握った拳を膝に置き、下を向いて何粒かの涙をその上にこぼした。静香は父親の姿を見つめながら、自分に向けられている愛情の形に、疑問を抱き始めていた。

「お父さんは本当に、私を愛してくれているの？」

「ああ。愛しているよ」

「じゃあどうして、私の気持ちをわかってくれようとしないの？　私はもっと、いろんなことを知りたい。いろんなことを知って、大人になりたい」

「でもな……」

「でもな、じゃなくて。お父さんはもしかして、私がお父さんから自立するのが嫌なの？　いつまでも箱入り娘として、手元に置いておきたいの？　もしそれがお父さんの望みなら、そんな愛情、迷惑だよ」

そう言い放った静香の顔を、父親は寂しそうに見つめた。静香はそんな父親の顔を、初めて見たような気がした。

静香は黙ってソファーから立ち上がると、そのまま実家を出、家に戻った。娘たちを寝かせて自分もベッドに入り、目をつむると、先ほど実家で見た寂しそうな父親の顔が、まぶたの裏に浮かんできて、困った。

翌朝静香は仕事を休んでしまおうかな、と少し迷ったけれど、その日は月の締め日で、処理しなくてはならない仕事が多く、休めば他の社員に迷惑をかけることになってしまうので、あまり気は進まなかったが出勤することにした。別に父親と喧嘩をしたわけでもないけれど、会社で顔を合わせるのは気まずい。プライベートと仕事を混同してはならないと、日頃から父親に言われていたし、父親もそう思っているはずなのだが、やはり気になるものだ。

朝礼の時に見た父親の姿は、いつもと変わりなかった。冷静に考えれば、昨夜は実の父娘が「転職をしてみたい」「いいや、やめておけ」、そんな話をし、意見が対立したという、どこの家にもありそうなことが、起こっただけなのだ。

私は元々、あまり意見をはっきり言わないタイプだし、父親に対して反抗的な態度を取ったこともほとんどなかった。ただ、妹たちは私と違い、父親に意見を言うこともあれば、思春期の頃などは、露骨に父親を毛嫌いすることもあった。父親の寂しそうな顔を間近で見たのは初めてだったけれど、自分の知らないところで父親はあんな顔を、妹たちに見せていたのかもしれない。

そんなことを考えて、静香は自分の心を落ち着かせ、いつものように業務に取り組んだ。

仕事を終えて帰宅し、夕飯の支度をしていると、キッチンにある裏口に、父親が突然やってきた。

「どうしたの？　ご飯こっちで食べていく？」

「いや、飯はいい。あのな、今、社長に頼んできたから、明後日の午後三時、面接に行ってきなさい。いいか、ちゃんと話を聞くんだぞ。仕事の内容とか、給料の面とか。納得が行かないことがあったら、辞めてもいいからな」

「なんで？　昨日は反対している感じだったのに」

「反対というか、心配だったんだよ。でも、もういい加減、おまえを自由にしてやらないと。すまなかったよ」

「そんな風に言わなくても。でも、許してくれて、私嬉しいよ」

「そうか。まあ、一度やってみて、もし向いていなかったら、また会社に戻って来い。それもきっと無駄にはならん。おまえの言った通り、社会勉強だ。わたしもおまえの将来のこと、もっと真剣に考えてみるよ」

「わかった。頑張ってみる。ありがとう」

　静香がそう言うと、父親は寂しそうに微笑みながら頷いて、帰って行った。


　朝食の支度をし、娘たちと一緒に食べて、歯を磨き、身支度を済ませると、静香は家を出た。いい天気。今日も暑くなりそうだ。

　郡上八幡の夏はとても暑いが、静香は夏が大好きだ。山と山の間に細長く広がる、古い町並みの中を、東西に流れてゆく、吉田川。町の西側を南北に流れる、長良川。この二つの美しい川は、郡上大橋の辺りで合流する。町のあちこちにある、山水や湧水を引き込んだ水船。日本名水百選の第一号に指定されている、宗祇水。水辺の散策路、いがわ小径、やなか水のこみち。「水の町」と呼ばれる郡上八幡の風景には、暑い夏がよく似合う。

　出勤後、最初に割り当てられた仕事は、和良へのお迎え。和良へは、車庫のある郡上八幡の町から、国道２５６号で堀越峠を越えて行かねばならない。タクシードライバーになったばかりの頃、静香は道幅が狭く、急なカーブの続くこの峠を越えるのが苦手だった。

郡上八幡と和良は、いわゆる平成の大合併によって、郡上郡七町村が一つになり、郡上市が誕生するまでは、郡上郡八幡町と郡上郡和良村に分かれていたものの、隣り合った町と村であったのに、タクシードライバーになるまで静香は、隣の村まで車を運転して行ったことがなかったのである。

和良からのお客さんは、何度か乗せたことのあるおばあさんだった。半年ほど前に郡上市民病院で手術をして、今でも月に一度ほど経過観察や検査のために通院しているらしい。

「また、あんたが乗せてくれるのかね」

「はい。どうもご縁があるようですね」

「あんたなら安心だね。運転が丁寧だもん。いつもの通り、市民病院までお願いね」

「はい。承知しました」

お客さんから、こういった言葉を掛けてもらえることが、静香には嬉しかった。以前父の会社で働いていた時にも、取引先の人などから、「どうもありがとうございました」と言われることもあったが、それが自分に向けられた言葉である、という実感は薄かった。その言葉を受けたのは確かに自分なのだけれど、その人が感謝して下さっているのは、直接仕事に携わっている現場の人や下請けの人、営業の人であって、自分ではないような気がしていたからだ。もちろん、事務を担当する者がいなければ、どんな仕事にも支障は出るし、タクシー会社にも事務や配車を担当する裏方がいるが、やはりお客さまの目の前で仕事をしながら、その仕事を直接褒められるのは、とりわけ嬉しいものだ。

おばあさんを市民病院にお送りした後は、車庫に戻って配車を待つことにした。

郡上市で営業するタクシーの数は、決して多くない。台数が多くない理由は、それに見合った需要しかない、ということでもある。観光客で最も賑わう旧八幡町の市街地は、山の間にコンパクトにまとまっているので、健康な方なら、徒歩で巡ることが出来るだろう。郡上市の中心的な駅である長良川鉄道の郡上八幡駅も、のんびりとしたローカルの線の駅、といった雰囲気で、やってくる列車の数も多くない。駅前のロータリーには駐車スペースやバス乗り場はあるが、そこで客を待っているタクシーの姿はない。

もちろん都会のタクシーのように、流し営業をすることもない。タクシー乗り場があちこちに常設されているわけでもないので、どうしても車庫で配車を待つことが多くなる。今日静香に与えられている予約は、今のところない。お客さんから電話等で呼ばれるのを待つだけだ。

一時間ほど待って、ようやく静香のタクシーにお呼びがかかった。お迎え先は郡上八幡駅前だ。車庫から郡上八幡駅までは、ほんの数分程度。すぐに車を出して向かうと、ロータリーで待っていたのは、六十代ぐらいの、元気な女性の四人組だった。

「ここの駅ってタクシーいないのね？　いつもこうなの？」

車を降りて四人のお客さんを後部座席と助手席に案内し、運転席に戻ったところで、グループのうちの一人からそう質問された。都会から来たお客さんなのだろう。こういった質問にも、すでに静香は慣れているが、最初の頃は、なぜそんなこと言うのだろう、と思ったものだ。

「そうですね、イベントなどがあって、観光のお客さまが多い時でしたら、待っていることもありますけど、今日みたいな平日ですと、こんな感じですかね」

「そうなのね。ここから郡上八幡城までって、どれぐらい距離があるの？」

「三キロ前後かと」

「帰りもタクシーを呼んだ方がいいかしら？」

「どうでしょう。この車でお城のある山の上まで行ってしまえば、あとは下りながら駅まで戻りつつ、古い街並みを楽しんでいただくというのがおすすめですが」

「そうね、それがいいかもね。みんなはどう？　いい？　いい？　じゃあ、そうするわ」

郡上八幡の駅から郡上八幡城までは、道が空いていればおおむね十分で着く。休日は徒歩で町を巡る観光客や駐車場に入ろうとする車が多く、町並みを抜けて行く場合は所々で徐行を強いられるけれど、今日は大丈夫だろう。

案の定道は空いていたが、静香は出来るだけゆっくりと車を進めた。郡上八幡の古い町並みは地元出身の静香にとって、自慢のポイントでもある。ゆっくり走るのは、お客さんに町の風景を楽しんでもらうためだけではない。郡上八幡に限らず古い町というのは、狭い道路に沿って、建物が密集していることが多いため、見通しの悪い交差点がどうしてもあり、急な飛び出しなどに備えるためにも、スピードは控えめにしておくほうがいい。

「なかなか、いい雰囲気の町だね」

「そうだね。ねえ、あそこのカフェ、帰りに寄ってみない？」

そんな声が車内に満ちる時、静香は自分の心まで満たされるような気がする。

「ねえ、運転手さん、帰りに歩きながら寄るのに、どこかいいところはないかしらね？」

「今から前を通りますけど、さんぷる工房さんなんていかがでしょう？　食品サンプルを販売していて、制作の体験も出来る施設なんですけど、奥にはレトロ館というのが併設されていて、昭和にタイムスリップしたような気分になれますよ」

「そういえば郡上って、食品サンプル発祥の地だって聞いたことがあるわ。いいね、寄ってみようか？」

「面白そうだけど、食品サンプルなんて買ってどうするの？　うちは食堂でも喫茶店でもないし」

「別に買わなくてもさ、食品サンプルって見ているだけも楽しくない？　昭和の感じを体験できるところもあるみたいだしさ」

静香はタクシードライバーになってから、意外と食品サンプルに興味がある人が多いことに気づいた。食品サンプルというのは言うまでもなく、飲食店のショーウインドウなどに飾って、その店がどんな料理を提供しているかを客に伝えるものだけれど、それ自体にもどうやら魅力があるようだ。また、食品サンプルというのは日本固有の文化であるらしく、海外からのお客さんにも、興味を持ってもらえることが多い。

「あの、食品サンプル制作の技術を生かした、おみやげ向きの商品も売っていますよ」

「へえ、どんなの？」

「たとえば、皮をむいて房だけの状態になったみかんのキーホルダーとか、溶けたアイスのスマホスタンドとか、こぼれた牛乳のスマホスタンド、なんていうのもありますね」

「子どものおみやげにも、よさそうね」

「小さなお子さんにも喜ばれると思いますし、若い女性が、かわいい、なんて買っていかれることもあるみたいですよ」

にぎやかなグループを郡上八幡城の駐車場で降ろして、静香はまた、車庫に戻った。

車庫で次のお客さんを待っている間に、愛子から電話があった。「お盆に帰るよ」と。愛子は今年も徹夜おどりを満喫するようだ。静香といえば、その日も仕事。会場から遠い駐車場に車を入れたお客さんを会場まで運んだり、他の町から長良川鉄道でやってくるお客さんを駅から会場まで運んだり。徹夜おどりとはいえ、全員が徹夜で踊るわけではなく、途中で帰る方もいるから、おどりが始まっても、車庫で待機していなくてはならない。

タクシードライバーになって三年、最もつらかったのが、過去に二回経験した、この徹夜おどりの期間だ。やはり静香も、郡上で生まれ育った人間。徹夜おどりの日ともなれば、心がそわそわする。徹夜おどりの日が近づくと、もうこの仕事を辞めてしまおうか、と何度も思った。しかしそのたび、あの時の、父親の寂しそうな顔を思い出して、歯を食いしばった。

私はあの時、私になったのだから。お父さんの娘から、私になったのだから。

三回目の夏、静香はもう、徹夜で踊れないことを嘆きはしない。私も徹夜おどりに、タクシードライバーとして参加しているのだ。タクシードライバーとして、徹夜おどりを楽しむ人々を支えているのだ。そんな自覚が静香の心には、すでに芽生えていた。

お客さんを待っているうちに、昼になった。「食事に行ってきます」と配車係に伝えて、町へ出る。車で出かけることもあるが、今日は徒歩で、車庫の近くにある中華料理店へ。

郡上八幡の夏は暑い。歩いているだけで汗が噴き出してくる。山の緑が深くて、自分の影が濃くて、空には雲が、もくもくしていて。夏だなあ、夏だなあ、と呟きながら、中華料理店のドアを開ける。冷房の風が、ひんやりと身体に沁み込んでくる。

席に着き、運ばれてきたお冷をぐっと飲み干して、Bランチを注文する。一人で店に入って、一人で食事をすることにもすっかり慣れたし、そろそろ私も一人前かな、そんなことを考えて、静香は思わずにんまりした。

やがて運ばれてきたBランチは、いつものようにおいしかった。

# 乗客との距離感、これが難しい

【伊那谷】

日曜の午前中。後部座席には女性の二人組。行き先は分杭峠。

伊那市の市街地から高遠を経由し、国道１５２号をひたすら南下する。分杭峠は車の通行が可能だが、駐車場がなく、路上駐車も出来ないほど道も狭いので、自家用車で向かう場合は、峠の下の駐車場からシャトルバスに乗ることになる。これは、タクシーを利用する場合でも同じだ。だから分杭峠まで、といってもお送りできるのは、シャトルバスの乗り場まで。

二人のお客さんは女性。どちらも三十代後半ぐらいだろうか。分杭峠を歩くつもりなのか、アウトドア向けのファッションを身に着けているが、やはり都会の人なのだろうな、といった印象。アウトドアを楽しむ際にも、決しておしゃれは忘れない、というのか、華やかな色を随所に取り入れて、見事にまとめているが、それは本人たちのセンスでそうしているのではなく、アウトドアの雑誌やテレビの旅番組で、モデルの女性やリポーターの女性が着ている服装をそのまま真似ただけ、というのか。

お二人はとにかくよくしゃべる。よほど仲がよいのだろう。学生時代からの友達だろうか、それとも会社の同期だろうか。このルートは高遠の古い街並みを通ったり、ダム湖のすぐ脇を通ったりと、わりと景色を楽しめるのだが、お二人は窓の外の景色にはあまり関心が無いようで、終始おしゃべりに夢中だ。こういう場合、運転手は話が聞こえていないようなふりをして、存在感を出来るだけ薄くして、ただただ車を安全に走らせるのがよいのだろう。

存在感を薄める、なんてことを考えるまでもなく、お二人にはおれの存在など初めから視界に入っていないのかもしれない。ライク透明人間、もしくは路傍の石。

こういったタイプのお客さんを乗せる時、こっそりガムでも噛んでみようかな、と思う時がある。眠気を防止するためにガムを噛むことはあるが、お客さんの前で口に入れるのは失礼だろう。でも、バレるか、バレないか、試してみたいような気もする。もしガムがバレなかったら、次は飴玉舐めて、その次はなんだろう、板チョコか？　包み紙をそっと開けて、銀紙のシャワシャワ音を可能な限り抑えて、かじった時の「パキッ」という音も、「う、うん」なんて咳払いでもしてごまかして。どんどん試していったら、最後にはざるそばまで食べられたりして。その時はさすがに啜らないよ。パスタを食べる時みたいに、麺を巻いてから食べるよ。安全運転に支障をきたすから、これはもちろん冗談だけれども。

また、この手のお客さんを乗せた時に、もう一つ注意しなくてはならないのが、鼻歌が出ないようにすることだ。このルートのように景色がよく、信号の少ない道を走っていると、つい鼻歌が出がち。お客さんを乗せていないときならいいけれども、乗せているときはまずい、というか、恥ずかしい。歌には少し自信があるが、鼻歌の選曲には自信がない。こんな都会の人っぽい女性の前で歌いでもしたら、「ダサい」なんて言われてしまいそう。流行りの歌も歌えないことはないけれど、古い歌のほうが鼻歌には合うような気がするし、つい出てしまう鼻歌は、どうしても古い歌になってしまう。「ハァ〜天竜下れば、しぶきがかかる、持たせてやりたや、持たせてやりたや檜笠」とか、「木曽のナア〜、なかのりさん、木曽の御嶽山は、ナンジャラホイ」とか。やっぱり鼻歌には、こういうのがいいんだよな。

ああ、危ない。鼻歌が出ちゃうところだった。

「あの、運転手さん、ねえ、運転手さん」

後部座席から呼ばれている。すっかり存在感を消していたつもりだったから、反応が遅れてしまった。

「ああ、すみません。何でしょう？」

「分杭峠って、なにがあるんですか？」

なにがある？　難しい質問だな。

「ただの峠ですよ。山の中」

「でも、パワースポットなんでしょ？」

「そう言われていますね」

「どうして、パワースポットなんですか？」

どうしてって、きっと誰かがそう言ったからだろう。というか、この人たち、何も調べずに来たのか？　自家用車で来るのでなければ、駅から離れているから、タクシー代だって結構かかるのに。おれの感覚では、随分もったいないことをしているように思える。

「ゼロ磁場だから、じゃないですかね。それも、世界でも最強の部類に入るほどだそうです」

「だからぁ、ゼロ磁場ってなんですか？」

ちょっと強めの口調。ちょっとイラっとしてません？　なんでおれが悪いみたいになってるの？　じれったいやつだなあ、なんて思われているのだろうか。反論をしたいところだけれども、相手はお客さんだ。仕方あるまい。ここは、辛抱。

「ああ、すみません。ゼロ磁場というのは、プラスとマイナスのエネルギーが拮抗している場所なんです。ゼロ磁場と呼ばれますけれど、エネルギーがゼロ、ということではなくて、プラスのエネルギーとマイナスのエネルギーがぶつかり合って、プラスマイナスゼロ、みたいなイメージかと。プラスとマイナスのエネルギーがぶつかっているわけですから、すごいエネルギーがそこには存在しているんじゃないですかね」

「よくわからないけど、なんかすごそう。それでパワースポットと呼ばれているんですね」

自分でも正確には理解できていないのだが、どうやら納得してくれたようで安心した。これ以上詳しい質問をされても困る。科学だよ、これは。無責任なような気もするけれど、おそらくこのお客さんだって科学者ではない。だから、これぐらいでいいんじゃないの？

分杭峠の下にある、粟沢駐車場に車を入れ、「到着しました」と身体をひねり後部座席に向かって声を掛けると、お二人は不思議そうな顔をしていた。

「え、ここが分杭峠なんですか？　峠って、山の上じゃないの？　ここ、河原って感じなんだけど」

あれ、説明していなかったか。それにしてもこの人たち、本当に何も調べていないのだな。

「ああ、ここから先はシャトルバスに乗り替えていただかなきゃならないんですよ。上には一般の乗用車やタクシーを停められるスペースがないもんですから。峠を通り抜けるだけなら可能ですけど、降りていただくことは出来ません」

「ああ、そうなんですか。わかりました。チケットって、どこで売っているんですか」

「あちらの売店で」

「ああ、あそこね。ありがとう」

お二人は颯爽と車を降り、売店の方へと歩いて行った。

来た道を戻りながら、ふと思った。あの人たち、帰りはどうするのだろう。タクシーを呼べばいいのだろうけれど、あそこ、携帯電話の電波、届くのかな。観光客も結構来るわけだし、峠は無理でも下の駐車場なら大丈夫かも。もし、電波が届かなくてタクシーが呼べなくても、今日は日曜日だから、遠野を経由して茅野へ向かうバスがある。一日に二本しかないから、もしかしたら、何時間も待つことになるかもしれないけれど、まあ、なんとかなるだろう。

ちょっと無責任かな、と自分でも思う。でも、あの人たち、何も調べずに分杭峠を目指すぐらいだから、旅の最中に起こるアクシデントすらも、楽しむタイプなのかもしれない。事前に情報を詰め込みすぎると、スケジュール帳や修学旅行のしおりにしたがって旅行しているような気分になるかもしれないし。いろんな人がいるからね、この世には。

タクシードライバーに限ったことではないのだろうが、お客さんを相手にする仕事をしていると、本当にいろんな人がいるなと思う。変わった人も多いけれども、もしかしたら自分が変わっているだけなのかな、と感じることも多い。何が正しくて、何が間違っているのかなんて、簡単には決められない。他人は他人、おれはおれ。親切心が仇になることもしばしばあるし、深入りをして相手に振り回されることもある。だからお客さんとは、いつも適切な距離を保っておくほうがいいような気がする。お互いのために。

高遠の町を過ぎたあたりで、配車の無線が入った。国道361号を北に入った集落の中のお宅。若いカップルが次のお客さんだ。

「お待たせいたしました。どうぞ」

男性はボタンダウンのシャツの上にテーラードジャケット、下はチノパン。女性の方はきれいなラインのロングスカートにブラウス、その上に薄手のジャケットを羽織っている。二人ともカジュアルな感じを上手に取り入れながら、上品に服装をまとめている。また、都会から来た人だろうか。それともこれから都会へ行く人だろうか。

「伊那市駅の方までお願いします」

「伊那市駅ですね。承知しました」

女性がにこやかに行き先を告げてくれた。

女性は、笑顔が素敵な、やわらかい雰囲気の方。男性は、顔つきもキリっとしていて、いかにも仕事が出来そうな感じ。勝手な印象に過ぎないが、こういった組み合わせのカップルは、うまく行きそうな気がする。お似合いのカップルだろう。

車を出してしばらくすると、後部座席の二人が会話を始めた。別に聞き耳を立てているつもりはないのだが、自然と耳に入ってきてしまう。

「それにしてもここは、信じられないくらいの田舎だよな」

「のどかでいいでしょ？　山並みもきれいだし、空気だっておいしいでしょ？」

「よくこんな、なんにもないところで育ったよね。嫌にならなかった？」

「わたしはこの町が好きだよ」

「本当に？　じゃあなんで都会に出てきたの？」

「それは、行きたい大学があったからだよ」

「でも、都会に憧れはあったでしょ？」

「たしかにあったけど、この町が嫌だったから憧れたわけじゃないよ。違う世界があるんだろうなって、思っていただけ。好奇心っていうか、冒険心っていうか」

「じゃあ、今は都会の方がいいわけだね」

「どうだろう？　半々かな。都会は便利でいいけど、ここにはここの良さがあるし」

「嘘だよ、絶対。こんなところがいいわけないじゃん」

ちょっと腹立つな、この人。第一、この女性に失礼じゃないか。ついでにおれにも。いやいや、おれには関係のないことだ。お客さんとの適切な距離感、これ大事。

「そんなこと言わないでよ。わたしの故郷なんだから」

そうそう。おれの故郷でもある。

「でもさ、いいところないでしょ？　食べ物だってうまくないし」

「酷いよ。じゃあ、昨日お母さんが作ってくれた料理も、美味しくなかったってこと？」

「悪いけど、田舎の料理って感じかな。都会の味に慣れた僕の舌には、ちょっと物足らなかったよ」

きえ～、腹立つ。気障だ、この人。気障ってのは、気に障るから、気障なんだよ。やめとけ、ダサいぞ。気障は野暮よりなお悪い、って言葉を知らないのか？　たしかにここは田舎町だよ。都会に比べたら色々と野暮ったい部分もあるかもしれん。でもな、気障なあんたより、随分マシだよ。

ああ、いけない。お客さんとの適切な距離。おれのことなどお気になさらず、どうぞ続けてください。

さあ、負けるな、もっと言い返してやれ、そう思っていたのだけれども、女性は言葉を返さなかった。ルームミラーで確認すると、少し寂しそうな顔をして、窓の外を見つめていた。

この二人の関係を詮索するわけではないのだが、「昨日お母さんが作ってくれた料理」というワードから想像するに、この二人の関係は恋人同士、もしくは婚約関係にあって、昨日はこの女性の実家に二人で宿泊したのではないだろうか。結婚の挨拶なのか、両親に彼氏をただ会わせてみただけなのかは知らないけれども、そんなところだろう。それで、こんな言い草だ。しつこいけれども、おれには関係のないことだと、わかってはいる。でももし、この女性に言葉を掛けていいのなら、こんな男、別れちゃえよ、と言いたい。この人おそらくモラハラ気質だよ。人の故郷をバカにして、ケチをつけるなんて、ろくなやつじゃない。きっと結婚したって、あなたが一生懸命作った料理が口に合わないなんて言って、ゴミ箱に捨てて、ハンバーガーかなんかを注文しやがるよ。都会の方で流行っているらしい、四角いリュックの中に料理を入れて自転車で運んでくる、あれで。

これはちょっと考えが飛躍しすぎか。つい、熱くなってしまった。

男性も、少し言い過ぎたかな、と感じたのだろうか。それ以上言葉を発さなかった。ルームミラーで確認すると、チラチラと女性の顔を見て、様子をうかがっている。反省するというのは大事なことだ。いいよ。でもね、反省するだけじゃダメだ。その後の行動が大事なのだ。一時的にやさしい態度を取るのは簡単だけど、それを継続するのは難しい。一時的でしかないのなら、それはただのやさしいふりだ。

さあ、その後の誠実な行動を見せてもらおうじゃないか。

「ごめん、怒った?」

「怒ったわけじゃないけど、ちょっと悲しかった」

「怒ってはいないんだね。よかった」

ちっともよくねえよ、バカ。

ダメだ。気にしちゃいけない。前の座席と後ろの座席は違う世界。おれは伊那谷のタクシードライバー。後ろの二人は都会の、なんだか知らないけれども、多分会社員。オフィスとやらで働く感じのな。生活のスタイルも違えば、価値観も違うはず。ついでに言うなら、この二人、おそらくおれよりお金持ち。いいんだ、いいんだ、二人とも、きっとおれより幸せだ。

それからは後ろのことなど気にしないようにして、黙って運転をしていたのだが、伊那警察署の辺りで、後ろの男性から声をかけられた。

「あの、運転手さん、僕たち伊那の町でお昼を食べたいんですけど、どこかおいしい店ありませんかね?」

「おいしい店ですか。たくさんありますけど、果たして都会の方の舌に合うかどうか」

ちょっと嫌味な言い方だったろうか。

「やっぱりそうですかね。じゃあ、妥協しますんで、この町で一番マシなところへ。ああ、それからローメンはやめてくださいね。伊那の名物だってことで、昨日こちらへ着いたときに駅の近くで食べたんですが、あれはおいしくなかった。味が薄すぎるというか、味がしないというか」

こいつ、嫌味も通じないし、反省もしていない。もう許さん、そう思った。

ルームミラーで、女性の表情を確認する。先ほど寂しそうだった顔が、今度は悲しそうな顔になっている。可哀そうだ。悪いやつだよな、こいつ。

お客さんとの適切な距離、これは大切だが、今回は特例といこうか。最初に伊那人の心を、土足でどすどす踏みにじってきたのは、こいつだ。だから、おれにもこいつの心に土足で踏み込む権利はあるだろう。自分がされて嫌なことを、他人にしてはいけません、なんてことは、子どもの頃に習う、人としての基本的なルールである。ということはだ、平気で他人の心をどすどすと踏みにじるこいつは、他人にどすどすと自分の心を踏みにじられても気にしないタイプ、という考えが成り立ちはしないか。

じゃあボクも、こいつの心の中に、土足で踏み込んでいっちゃおうかな。お客さんとの適切な距離って、要するにお客さん次第だもんな。気さくな方には、気さくな応対を、あまりこちらと話をしたくない方なら、それなりの応対を。これを見極めるのが、プロってものかもね。じゃあ、今回も別に特例というわけではないか。普段通りだね。お客さんとの適切な距離、大丈夫。今回はちょっと、いつもより詰めるだけ。お客さんのタイプに合わせてね。

「なるほど。それでは私にお任せ願えますか？　この町で一番美味しい店にご案内しましょう」

「いいですねえ。タクシードライバーおすすめのお店か。それでお願いします」

国道361号をそのまま西へ進み、天竜川を渡ってすぐ右へ。川沿いの駐車場に車を入れた。

「この辺りは市街地で、お店に駐車場がないので、車はこちらに入れていきますね。お店までの道順がちょっとわかりにくいというか、車を入れにくいところなので、私がご案内します。駐車料金はこちらで負担しますし、運賃もこちらで精算していただけば結構ですので」

ここまでの運賃を精算してもらい、駐車場の南側にある地下道の入り口へ。ああ、一応観光案内もしておくか。

「あちらに石碑も建っていますが、ここは船着き場の跡なんです。昔は天竜川を使って、様々な物資が運ばれていたようですね」

地下道への入り口付近にある、鳥居や石碑を手で指し示しながら説明した。男性は「はあ、そうなんですか」と興味ない様子。女性は相変わらず、悲しそうな顔をしている。地下道を抜けて、あの店に入るまでの辛抱だよ。そこから先はおれに任せて。きっと君を笑顔にしてあげるからね。

地下道へ続く階段を下りてゆく。古臭い感じのする地下道ではあるが、おれはここが大好きだ。都会の青年からすれば、ただの薄暗い地下道かもしれない。でもね、この雰囲気、空気、おれにとっては最高なんだよな。壁に描かれている絵もそう。有名な画家でなく、地元の子どもたちが描いたのであろうこの絵。なんとも言われぬ味がある。この辺りで酒を飲んで、ちょいと千鳥足でここを通る時、おれはふと、涙が出そうになる。飲み屋の喧騒とはまったく逆の、夜の地下道。静かで、どこかもの悲しくて、だけど何故だか温かくて。一人ぼっちの靴の音。酒を飲みすぎたせいか、日ごろの運動不足のせいか、階段を下りただけで荒くなってしまう呼吸。歩くのもしんどい。足を引きずるようにして、歩みを進める。地下道に響き渡る、おれのコツコツとハアハア。コンクリートの壁、そこに描かれた、子どもたちの絵。そんな瞬間が、好きなんだよな。

「なんかいいな、ここ。独特の雰囲気がある」

男性がぽつり。

「そうですかね?」

「ええ。僕、地下道って好きなんですよ」

「でも、地下道なんて、どこにでもあるでしょう? それこそ都会にならあちこちに」

「ありますよ。でも、ここは懐かしさを感じるというか。おそらく、僕が生まれる前に造られたものでしょうから、懐かしいというのも変かもしれませんけど」

意外にこの青年、話せる人なのかもしれない。どんな人にも、いいところと悪いところがあるものだ。それを忘れちゃいけない。車内での発言によって、嫌な印象を持ってしまったが、それにあまりとらわれていてはいけないのかもしれない。思わずカッとしてしまったのは、おれが未熟だからだろう。でも、ローメンを悪く言ったことは許さないよ。それとこれとは、話が別だ。

目指すは、地下道の出口にある石碑。あの前に立ったら、この人はどんな顔をするだろう。騙された、なんて言うだろうか。騙してなんかいません。おれは、「この町で一番美味しい店にご案内しましょう」と言ったはずだ。この人は、「タクシードライバーおすすめの店か」と嬉しそうに言った。あの店は、おれのおすすめの店だ。すなわち、タクシードライバーおすすめの店、ということである。

地下道の階段を上り切ったところで、男性に声をかけた。

「こちらをご覧ください。この石碑です。なんて書いてありますか」

男性は首をかしげながら、石碑に刻まれた文字を読んだ。

「ローメン誕生の地？」

「そうです。ここがローメン誕生の地なのです」

「いや、さっきもいいましたけど、ローメンはもういいですよ。昨日食べたし」

「いや、よくないですね。味が薄いっておっしゃっていましたけど、それは自分のせいです。ローメンのせいにしてはいけません。あなた、食にこだわりはないんですか。ああ、わかった、わかった。グルメサイトの星の数とか、行列の長さとかで、味を判断しちゃうタイプ？　マスコミとか、人のうわさとかに踊らされやすい、みたいな？」

「そんなことありませんよ。失礼だな」

失礼はどっちだよ、本当に。散々ローメンに対して失礼な発言をしておいて、これぐらいで「失礼だな」はないだろう。自分が傷つくことには敏感だけれど、他人を傷つけることには鈍感なタイプか？　最近流行の？　喜んでネットに誹謗中傷を書き込みがちなあれか？　自分のことは棚に上げて、「人としていかがなものかと思う」とか書くような？　なあ、あんたそれか？　なあ？

なあ？

なんてことを考えては、いかんな。おれも性格が悪い。言い方を考えないと。でも、この青年、少しぐらい煽ったほうがうまく行きそうな気がする。もちろん、度を越してはいけないけれども。匙加減が難しいところだ。言いすぎると、きっとすねちゃう。

「では、食にはある程度のこだわりがあると？」

「まあ、舌はそれなりに肥えているつもりですけどね」

「そうですか。では騙されたと思って、もう一度ローメンを食べてみてください。私がご馳走しますので。ローメンはねえ、食べるにもテクニックがいるんですよ。あんぐりと口を開けていればいいってものではない。あ、それかもしかして、羊の肉が苦手ですか？　さすがにそれはないか。羊が苦手なら、世界三大料理の一つと言われている、トルコ料理なんかも無理ですもんね。世界三大料理が苦手な方が、舌が肥えているつもりだなんて、言うわけがないですもんね」

「羊は苦手ではないですよ。ジンギスカンも好きだし、中国の東北部の料理も食べたことがあります」

「それなら、食べ方があまりよくなかったのかな。でも、安心してください。今日は伊那で生まれ育ったこの私が、美味しい食べ方をお教えしますので。伊那人の誇りにかけて」

「そこまでおっしゃるなら、もう一度食べてみます」

ちらりと女性を見ると、下を向いてクスクス笑っていた。

二人を店へとご案内する。石碑の建っている場所からすぐ近く、というか、石碑から一軒挟んだお隣。徒歩三秒から五秒。わかりやすく言うならば、隣の店の前に石碑が建っている、という感じ。

「なかなかシブいお店ですね」

「そうでしょう。こういうお店って、いかにもうまそうではないですか？」

「たしかに。風格を感じますよ」

レンガ風の装飾が施された壁、赤い暖簾、黒地に金色の文字で店名が書かれた看板。引き戸を開けて店内に入ると、まずはカウンター席が目に入って来る。このお店のカウンターは少し変わっていて、コの字型でもなければL字型でもなく、一文字型でもない。平行型というのか、直線のカウンターが二本並んでいて、その間を店員が行き来し、客に料理や飲み物を届けるというスタイルなのだ。右手奥には小上がりの座敷席がいくつか。店内の照明はやや暗めのオレンジ色。外観もシブいが、店の中の様子もなかなかにシブいのである。

「あの、三人なので座敷、いいですか」

「どうぞ」

席について、メニューを青年に手渡す。

「なんでも好きなもの、注文してください。もちろん彼女も」

「変なことになってしまって、なんだかすみません」

「とんでもない。伊那の人間として、彼におもてなしをしたいと思っただけです。だからどうぞ、ご遠慮なく」

彼女は、嬉しそうに笑って、ぺこりと頭を下げてくれた。

「ローメン以外にも色々あるんですね。おすすめって、どれですか？」

「そうですね。この馬心ていうのが、うまいですよ。私は仕事中なので飲めないのですが、ビールともよく合うので、ぜひいかがですか？」

「ビールですか。飲んじゃおうかな」

「ちょっと、それはさすがに図々しくない？」

彼女の牽制に、おれは両手を胸の前に出して、二度頷いた。

「まあ、まあ、せっかくですから。じゃあ、ビールを飲まれるんなら、この豚頭というのも注文しましょう。それから、餃子も忘れちゃいけません。ここの餃子、うまいんですよ。あと、ローメンも同時に注文しましょう。シメに、という人もいますけど、ちゃんと味をつければビールとだって行けます。味付けについてはご心配なく。私がちゃんとしますので。彼女もローメン召し上がりますよね？　ビールは？　私はウーロン茶にしますけど。はいはい、ウーロンで。じゃあ、とりあえずこれで注文しましょう。あの、すいません、注文お願いします」

やがて注文した料理や飲みものが順々に運ばれてくる。まずはビールとウーロン茶が。続いて到着したのは、馬心。

「馬心っていうぐらいですから、これは馬の心、つまり心臓ですか？」

「はい。馬のハツの刺身です。ごま油とネギがかかっていますから、このままどうぞ。お好みで塩を足してもおいしいですけど」

「そうですか。じゃあ、まずはこのまま」

馬心を一切れ食べた途端、青年は目を見開いて声を発した。

「うまい！」

「そうでしょう。このコリコリ感とテロテロ感、なんとも言えないでしょう？」

「はい」

「さあさあ、ビールを口に」

「そうですね」

青年は急いで一口ビールを飲み、「はああ」と声を漏らした。女性にも「さあどうぞ」と勧める。女性は一切れ口に含んで、満足そうに三度頷いた。

続いてやってきたのは、一口サイズに切られた、茹でた豚の頭肉。そう、豚頭である。

「タレが絡められているので、このままで大丈夫です。唐辛子のような赤い粒が入っていますが、全然辛くないですよ。お好みでラー油を追加してもいいかも。当然ですが、これもビールに合います。もちろん、ウーロン茶にもね」

どうやら先ほどの馬心によって、青年の信頼を得ることが出来たようだ。青年は黙って頷くと、期待に満ちた面持ちで、豚頭を一切れ口に入れた。

「数回咀嚼して、口に肉がまだ残っているうちに、ビールを入れてみてください」

青年は頷いて、私の指示した通りにビールを口に含んだ。口の中に残っていた肉と、ビールを飲みこんで青年は、「ふう」と大きく息を吐いた。

「ね？」

「はい」

女性に目で合図を送る。女性は頷いて、豚頭を一切れ口に含んで何回か咀嚼し、ウーロン茶を口に含んでゴックン。そして、ニコニコ。青年と顔を見合わせて、互いにうん、うんと頷き合っている。

続いて餃子。その直後にローメンが三つ。餃子については、何も言うことはない。これもタレがかかっているので、青年と目を合わせて、一度頷くだけ。ここの餃子は、大きめで、ジューシー。一口で食べられないこともないが、焼きたてである。やけどには注意が必要だ。また、かかっているたれが素晴らしい。甘みと辛みのエッジがしっかり立っていて、餃子の存在感に少しも負けていないばかりか、強い存在を示しながら、餃子との絶妙なバランスを構築している。ビールとの相性は説明するまでもないし、この組み合わせは、率直に言って強すぎる。お酒に強い人なら、一晩中でもビールを飲んでいられるだろう。

さて、本題のローメンだ。ローメンには焼きそばのような見た目の汁なしタイプと、ラーメンのような見た目の汁ありタイプがあるが、ここのは汁ありだ。汁ありタイプの難しさは、このラーメンのような見た目にあると感じる。しょうゆラーメンにしろ、味噌ラーメンにしろ、豚骨ラーメンにしろ、大体のラーメンはローメンよりも随分味付けが濃い。だから、ラーメンを食べるような気持ちでローメンを口にすると、たしかに味が薄いと感じるだろう。ラーメンとローメン、名前も似ているし、初めて食する方がそのような感覚に陥ってしまうのも、無理はないのかもしれない。しかし、あくまでもラーメンはラーメン、ローメンはローメンなのである。

ローメンの大きな特徴として、基本的に食べる側が、自分の好みに応じて、ソースとお酢で味付けをして食べる、という点がある。最近のラーメン店でも、アブラ多めとか、ニンニク多めとか、注文の時に自分の好みを伝えてその通りに仕上げてもらう、という制度を採用しているところがあるが、それが標準的な味付けに自分の好みを付け足して、というニュアンスであるのに対し、ローメンの場合は最初から、お好きに味付けしてください、という状態で運ばれてくるのだ。

つまり、食べる側に任されている部分が、ラーメンと比較すると非常に大きい。この青年は、昨日食べたローメンのことを「味が薄い」と言っていた。それはつまり、この青年の技量が足りなかったということに過ぎない。自由であることは素晴らしいが、自由には常に責任が付きまとうものだ。成功をするのも自由。失敗をするのも自由。すべては、自分の実力や運が頼りなのだ。

この青年の技量が足りなかったのは間違いないが、この青年には運があった。それはおれと出会ったこと。今日は任せておきたまえ。君のローメンを、このおれが成功に導いてあげよう。

「さあ、本題に入りましょうか」

そう声をかけると、青年の顔に緊張が走った。

「そうですね、ローメンですね。もう、僕にもわかりましたよ。これだけうまいものを食べさせる店が、まずいものを出すわけがありませんせん」

「そうです。ちなみに、昨日ローメンを召し上がった時、ソースとお酢、ちゃんとかけました？」

「お店の方が説明をしてくださったので、それぞれ一周ずつかけました」

「なるほど。その一周というのが問題ですね。もしかしてつるっと?」

「そうですね。つるっと、です」

そう言いながら青年は、ソースの入った容器を持つような手つきで、素早く小さな円を描いた。

「わかりました。では、私が今からソースとお酢をかけますんで、よく見ていてください」

私は胸の中で、「い〜ちに」とリズムを取りながら、ローメンの上で、ソースとお酢の円を、それぞれ一回ずつ描いた。

「そんなにかけるんですか?」

「私としては今のところ、これがベストだと感じています。まあ、日々研究は続けていますがね。お試しください。いいですか、心の中で、い〜ちに。です。いちに、でも、い〜ちに〜いでもありません。くどいようですが、い〜ちに、です」

「わかりました」

青年の手元に注目する。い〜ちに、い〜ちに、なかなか見事。スジはいいようだ。

「さあ、よく混ぜて召し上がれ」

頷く青年。今度は青年の箸に注目。箸が麺を掴み、掴まれた麺が口に運ばれる様子を追う。次は青年の瞳に注目。

「なるほど。これはなかなかだ。ソースとお酢で、羊独特の風味がちょうどいい具合に抑えられて、野菜のうまみも増すようで。い〜ちに、いいですね」

「ね、ローメンっておいしいでしょ」

女性が誇らしげに言うと、青年もにっこり笑って頷いた。

よかったなあ、君たち。二人がこの先どうなるか知らないが、うまく行くことを願っているよ。

青年よ、だれかを愛するってことは、その人のすべてを受け入れるってことなんだよ。その人のやさしさや、賢さや、美しさを賛美するだけじゃ足らない。その人の愛するもの、場所、人などまでをも受け入れて、可能なら、愛することも大切なのだよ。

なんてことをつい口にしそうになったが、やめておいた。お客さんとの適切な距離を保たなくては。

だから、今日はここまで。ちょっと距離を詰めすぎたような気もするけれども、今日はここまで。

ローメンを食べたら、サヨナラだ。

# この町に来るまでの僕と、今の僕

【尾鷲・熊野】

尾鷲は雨の多い町。一度降り出すと、土砂降りになることが多く、大粒のやつが、ババババババババと降ってくる。バババババババ、というのは車の屋根に雨が当たる音を表現したつもり。傘に当たる音だって、似たようなものだ。バババババババ、これが尾鷲の雨。実際には、バババババババでやむわけではないから、バババババババババババババババババババババババババババババババババババババババババと連続的な音が、雨が上がるまで、もしくは弱まるまで続く。

この町に来たばかりの頃はびっくりしたけれど、今ではすっかり慣れた。車を運転している時ならば、ワイパーのスイッチを最速にして、スピードを緩めるだけだ。あまり長引く場合は心配になるけれど、雨が降るたびにびっくりするようなことは、もうない。全国有数の多雨地帯である、尾鷲で暮らすなら、雨に慣れる必要がある。

雨の多い地域であるのだけれど、日照時間は日本の平均レベルぐらいあって、いつも雨が降っているわけではない。また、雨が多いからといって、頻繁に河川が氾濫するわけでもない。だから、雨の多い町だとしても、雨に困らされることは案外と少ないと思う。

今日も空は晴れている。尾鷲はのんびりとしたいい町だ。ほんの一年前まで僕は、都会の空の下で忙しく働いていた。あの頃はこんな風に、空を感じながら仕事をすることなんてなかった。仕事中だけでなく通勤の途中でも、休日の買い物中も、僕はいつも下ばかり見ていたように思う。やはりあの生活は僕に、合っていなかったのだ。

あの頃働いていた会社の、悪口は言いたくない。僕は自分の売るべき商品に自信を持っていたし、社会の一員として誇りを持って暮らしていた。ただ、忙しかったのだ。たくさんの人と会い、商品の魅力を説明し、契約を勝ち取る。喜びもあれば苦労もあったけれど、誰に見られても恥ずかしくない暮らしをしていた。良心の呵責とか、自己矛盾とか、そういった感情を感じたこともない。

この町に来てタクシードライバーになってから、収入は以前の三分の一ぐらいになってしまったけれど、僕にはこちらの方が合っているような気がする。サラリーマンの収入は多くの場合、働いている業界の賃金水準と、会社の経営状況と、忙しさによって決まる。楽に稼げる仕事ももしかしたらどこかにあるのかもしれないけれど、高い給料をもらっている人は、大体忙しくしているものだ。それもただ単に長い時間働いていればいい、というわけではなく、高い能力を長時間発揮し続けることを求められる。要するに僕は、そういった状況に耐えられなかったのだ。

前の会社を辞めたばかりの頃は、ただ単に次の仕事を探していただけで、この町に来るつもりも、タクシードライバーになるつもりも、まったくなかった。しかし、会社を辞めて一か月もしないうちに、将来結婚を考えていた相手に、別れを告げられた。頼りがいのない男、とでも思われてしまったのだろうか。残念だったし、悲しかった。

ただ、肩の荷が下りたような気がしたのも事実だ。彼女と一緒の生活を夢見ていたし、それを手に入れたいという思いが、仕事をする上でのモチベーションにもなっていたけれど、その夢を手放さなくてはならなくなったことで、忙しさに耐える必要もなくなったように思えた。

新しい仕事探しは、想像以上に難航した。営業マンとしての経験もあるし、業界内では知名度の高い会社に勤めていたので、同じ職種や同じ業界で探せばなんとかなりそうな気配はあったが、そうするつもりはまったくなかった。忙しい生活にもどればまたどうせ、同じことを繰り返すことになる。かといって、新しいことを始めようにも、資格も経験もない。忙しそうで給料の安い会社はいくらでもあるけれど、給料は安いがのんびりしていそうな会社、となると、なかなか見つからない。それも当然のこと。ほとんどの会社は忙しくて人が足らないから、求人を出しているのだ。

給料よりのんびり、という方針で仕事を探しているのに、僕の心は日々疲れて行った。のんびりしたいはずなのに、次第に焦りも出てくる。これはいかんと、気分転換をするために、一度のんびりと旅に出てみることにした。

のんびり旅をするならば、車より列車の方がいい。車を運転していれば神経を遣うし、居眠りもできない。行き先ものんびりとした雰囲気を感じられる場所がいい。

そんなことを色々考えて、僕は特急「南紀」号に乗って尾鷲にやって来た。最初から尾鷲に来るつもりではなく、終点の紀伊勝浦まで切符は買ってあったのだけれど、実は列車に酔ってしまったのだ。とてもいい列車だったのだけれど、名古屋から尾鷲までは、二時間四十分以上かかる。朝食を食べずに家を出て、空きっ腹で乗っていたのが、悪かったのかもしれない。気動車の振動やローカル線のカーブの多さに慣れていなかったのも、原因の一つだろう。旅をするのが楽しみで前夜あまり眠れず、列車の中で眠ろうとしたが、想像以上にワクワクして全然眠れず、睡眠不足の状態にあったのも、よくなかったのだろうか。とにかく気分が悪くなって、尾鷲の駅で列車を降りたのだった。

一人で旅に出た経験がほとんどなかった僕は、何もわかっていなかったのだ。のんびりとした旅をしようと思っていたのに、その日はホテルも取っておらず、求職活動中でお金を節約したかったこともあって、紀伊勝浦に着いたら、町をちょっとぶらぶらして、夕方の列車で帰るつもりだった。尾鷲の駅で降りて、自動販売機で水を買い、待合室のベンチで休みながら「今日また南紀に乗って帰るのは、無理だな」と覚った。

しばらく休んだら気分がいくらかよくなったので、待合室を出て町を歩き、空き腹に飯を突っ込み、ビジネスホテルを見つけて、その日は尾鷲に泊まった。昼間は晴れていたのに、深夜になると、雨が降り始めた。あの、ババババババババ、とくるやつだ。激しい雨音を聞きながら、昼間に歩いた町のことを思い出した。のんびりとした空気が流れる、静かでいい町だった。港まで歩いて行ったら、岸壁から何人かの人が、釣り糸を垂れていた。晩飯を食べに入ったお寿司屋さんは、抜群に美味しかったのに、案外お勘定は安かった。尾鷲って、結構いいところだな。のんびりしているし、魚は美味いし。

最初はやかましいとしか感じられなかった雨の音が、だんだんと優しく聞こえ始めた。こういうものは、やっぱり慣れなんだろうな、そんなことを考えながら、どんどん眠気に包まれていく過程が、とても心地良かった。

翌日帰宅して、インターネットで尾鷲の求人を探した。やはり都会に比べると数は少なく、自分の希望に合いそうなところもなかなかなさそうだな、と半ば諦めかけたところで、「タクシードライバー募集」という文字を見つけた。それまでタクシードライバーになろうと考えたことは、一度もなかったが、尾鷲でならタクシードライバーとして働くのも、悪くはないように思えた。渋滞だらけの都会の道を走るのではなくて、美しい海や山に囲まれたあの町の中を走り回るのだ。都会のタクシーに比べたらきっと、働き方ものんびりしたものだろう。給料は、その、安いだろうね。都会の方が稼げるはず。しかし、給料よりのんびり、という方針には合致している。いいかも。思い切ってやってみるか。

そうして尾鷲の町のタクシー会社、正確に言えば、違う町に本社のあるタクシー会社に就職し、尾鷲の営業所に配属されたわけだが、別に就職先が尾鷲である必要はなかったのかもしれない。でも今では、尾鷲でよかったと思えるようになっている。

さて、そろそろ信雄さんのお宅だな。

「よう、やっと来たにぁ。道、混んでたんか？」

「いいえ。混んではいませんでしたよ。それにまだ、約束の時間の五分前ですけど」

「五分前？　そんならあんたは悪ないな。わしがせっかちなだけや」

信雄さんは今はもう引退していらっしゃるが、何年か前までは水産加工会社の社長として、忙しくしていたらしい。二代目となる息子さんに経営を任せてからも、地域のために色々な役職を引き受けていらっしゃるようで、現在もそれなりに忙しくされているはずなのだが、いつも「暇だ、暇だ」とおっしゃっている。

「今日は、どちらに行けばよろしいんですかね？」

「そうやなあ、まずは近いけど、熊野古道センターに行ってみるか？」

「熊野古道センターですか。お客さんを乗せて行ったことはありますけど、まだ中を観たことはないですね」

「そんなら、行こらい」

信雄さんはなぜか僕のことを気にかけてくれていて、今日のように時々タクシーを貸切って、僕をあちこちへ案内してくれる。タクシードライバーがお客さんを案内する、というのが通常のパターンなのだが、信雄さんと僕の場合はあべこべだ。もっとも、僕はまだこの町に来て一年も経たない新参者。この町でずっと生活している信雄さんをあちこち案内して回る、なんてことはとてもじゃないが出来ない。

それなりに高い料金を頂いていながら、ろくに案内もできない僕を、なぜ信雄さんは度々呼んでくれるのか。信雄さん曰くそれは、「尾鷲のため」なのだそうだ。尾鷲に観光に来たお客さんが、ろくに観光案内もできないドライバーのタクシーに乗ったら可哀そうだから、信雄さんが私財を投じてタクシーを貸切り、僕を教育して、一人前のタクシードライバーにする、という理屈らしい。お客さんが勝手に行ってくれる、地理研修のようなものだろうか。

三重県立熊野古道センターまでは、尾鷲の市街地から十分もかからない。わりと近くだし、列車で観光に来たお客さんにも便利だ。ちなみに入場料は無料。おすすめの観光地かどうかは、まだ中の展示を見たことがないのでわからない。

「到着しました。では見学しましょうか」

「わしはええわ。一人で見学せい」

「はい。わかりました。行ってきます」

冷たい言い方であるようだが、尾鷲にはこういった言い方をする高齢者が多い。「見学せい」というのは、方言であるのだろうか。尾鷲では「見学しておいで」というぐらいのニュアンスで受け取るのが正解なのではないかと思う。僕も最初は戸惑ったが、尾鷲の言葉というのは、どうやらこういう感じなのだ。初めて信雄さんを乗せた時もそうだった。「とても立派なお宅ですね」とお迎えに行ったとき口にしたら、「がいな家じゃないわい」と言われた。あれ、なにかマズいこと言ったかな、と思ったが、別に機嫌を損ねてしまった様子もなく、これは謙遜をしているのだな、と気づいた。「がいな家じゃないわい」と言われた場合は、「それほどの家ではございませんよ」というぐらいの感じで受け取るのが、おそらくちょうどいい。

一つ付け加えると、観光でいらした方などが尾鷲でタクシーに乗った時、ドライバーに「どこまでどな?」と言われたとしても、決して怒ってはいけない。この言葉を翻訳するならば、「どちらまででしょうか?」である。この「〜どな」というのは「〜でしょうか?」に値するぐらいの、丁寧な言い方なのだ。だから「ああ、運転手さんは私を丁寧に扱ってくれているのだな」と思っていただきたい。どこかお店に入った時に「なんどな?」と言われた場合もそうだ。ついでにこれも翻訳しておくと、「いらっしゃいませ。どのようなご用件でしょうか?」となる。

標準語に比べると、尾鷲の言葉はややシンプルであるような気もするが、言葉の素っ気なさとは裏腹に、尾鷲の人はやさしい方が多いように感じている。あけっぴろげというのか、人情深いというのか。もし尾鷲の人と話すことがあったら、言葉を聞くだけではなく、同時に相手の顔をよく見て欲しい。きっと、やさしい表情で話をしてくれているはずだ。

信雄さんを車に残して、駐車場から石畳の通路を上って行く。この石畳の道は熊野古道の様子を参考に造られているらしい。上がりきると、二棟の建物が見えてくる。どちらもこの地方で生産されている、「尾鷲ひのき」や「熊野杉」をふんだんに使った立派な建物だ。向かって右側の建物が展示棟で、左側の建物が交流棟である。この情報は敷地内にある看板に書かれていたことだ。僕が元々知っていたことではない。

まずは右側の展示棟から見学する。展示棟には、熊野古道やその周辺の自然、歴史、文化などについての展示がなされており、熊野古道のことだけではなく、この地域のことについても知ることが出来る。特に自然に関する部分では、動物や植物についての展示が充実していて、この辺りで獲れるおいしい魚介類についても詳しくなれそうだ。

一通り展示を見て交流棟へ。こちらにはホールや体験学習室などがあるが、特にイベントに参加する予定がない場合でも、大ホールに並べられたベンチで休憩することが出来る。また、受付カウンターの横には、地域のパンフレットやイベントを告知するチラシがたくさん並べられていて、情報を収集するにも便利そうだ。

一通り見学をして車に戻ると、信雄さんは車の横で、前屈をしたり、腰を伸ばしたり、脚の屈伸運動をしたり、体側の筋肉を伸ばしたりと、ストレッチのようなことをしていた。

「お年のわりに身体が柔らかいですね」

「そうか？　でも、若い頃はもっと柔らかかったで」

ドアを開けて、信雄さんを座席に案内する。ほとんどの場合、お客さんを乗せるのは後部座席だが、信雄さんはなぜか助手席に乗りたがるので、そうしてもらっている。話もしやすいし別に構わないのだが、あまりタクシーを運転しているという感じがしない。自家用車で知り合いのおじいちゃんとドライブをしているみたいだ。

「次はどこに行きましょうか？」

「そうやな、熊野の方にでも行ってみようか」

「熊野市の方ですか。それなら、尾鷲南インターから、尾鷲熊野道路を使って行くのが一番早いですかね」

「わし、あの道あんまり好きやない。高速道路みたいで味気ないやろ。42号で行け。山の中、通って行こう」

「わかりました」

尾鷲から熊野に向かうには、尾鷲熊野道路を通って行くのが一番近道であるように思う。実は尾鷲熊野道路も国道42号に指定されているので、正確にはここも、ここが開通する前からある国道42号も、どちらも国道42号なのだが、信雄さんがおっしゃっているのは、昔からあるほうの国道42号のことだ。尾鷲熊野道路は、信号のない高規格な道路で非常に走りやすいのだが、トンネルが多く、信雄さんが味気ないとおっしゃる気持ちも、わからなくない。僕も昔からある国道42号の方が好きだ。ただこちらの道路の尾鷲から熊野までの区間は、土砂崩れが発生しやすいらしく、規定の雨量を超えると通行止めになることがあるので、注意が必要だ。

国道311号から42号に入り、途中にある尾鷲南インターを素通りしてそのまま進んで行く。尾鷲熊野道路に比べると、こちらの道はトンネル区間が短く、カーブが多め。運転には注意が必要だが、次々に現れるカーブをクリアしながらドライブをするのは、楽しいものだ。

国道42号を進んで行くと、尾鷲大泊のインターで尾鷲熊野道路と合流し、その少し先で、今度は国道331号と合流する。国道311号も尾鷲と熊野を結ぶ道路で、こちらは国道42号とは反対に、海沿いを通っている。三本の道がまとまったこの先には、熊野市の有名な観光スポットが集まっている。

最初に現れるのが鬼ヶ城。その昔、ここには熊野の海を荒らしまわっていた、海賊多娥丸が身を隠していたそうだ。海賊多娥丸は鬼と恐れられていたらしく、そのことからここが鬼ヶ城と呼ばれるようになったのだろう。ちなみに、天皇の命を受けて海賊多娥丸を討伐したのが坂上田村麻呂で、その戦いの舞台となったのも、ここ鬼ヶ城であるとの伝承がある。

「鬼ヶ城寄りますか?」

「今日はやめとこ。そうや、あそこへ行けぇ。花の窟神社。小便もしたいし、道の駅の駐車場へ車を入れぇ」

「わかりました」

鬼ヶ城を見学する際に便利な、鬼ヶ城センターへの入り口を素通りして、トンネルをくぐり、そのまま真直ぐ行くと、すぐに花の窟神社に着く。車でなら五分ぐらいだろうか。トンネルを抜けると左手に、長い砂浜が見えてくる。この砂浜が有名な七里御浜だ。本当に七里もあるかは知らないが、きれいな砂浜がここからずっと先まで続いている。何度走っても、気持ちの良い道だ。

「今日も海がきれいですね」

「そうやな。でもわしは、尾鷲の海のほうが好きや」

尾鷲の海岸沿いと、この七里御浜の辺りでは随分と印象が違う。尾鷲の辺りはいわゆるリアス式海岸になっていて、海岸線が入り組んでおり、七里御浜のような長い砂浜はない。その風景もまた、ダイナミックで美しいのだが、僕としてはどちらの風景も好きだ。

リアス式海岸は、ずっと北の方、鳥羽の辺りから続いてきていて、ここ鬼ヶ城を超えた辺りで、急に風景が変わる。つまり鬼ヶ城の辺りがリアス式海岸の南端であり、七里御浜の北端であるようだ。だからこそ、トンネルを抜けた瞬間の感動が大きくなるのではないだろうか。

そんなことを考えているうちに、道の駅「熊野花の窟」に着いた。花の窟神社の隣にあり、駐車場やトイレの他に、おみやげ屋さんや飲食店の入った、横丁のような一角がある。おみやげを買うにもいいし、食事をするにも、お茶でも飲んで休憩するにも便利だ。

信雄さんはトイレから帰って来ると、「ちょっと団子でも食うていこうや」と僕をその一角へと誘ってくれた。

「ここの団子がうまいんや」

そう言って信雄さんは団子を二本注文し、そのうちの一本を僕にくれた。みたらし団子なのだが、少し味が変わっている。団子自体の味が濃いというのか、お米の風味が強いというのか。たれの濃さもそれに合わせてあるのか、団子とのバランスが良く、うまい。

「うまいですね、これ」

「そうやろ。この団子にはな、いざなみ米という、黒いお米が使われているらしいで」

「黒いお米というと、古代米ですかね」

「そうや。それがうまさの秘密や」

信雄さんはいかにもおいしそうに団子を食べて、ゆっくりとお茶を飲むと、「ついでやから、お参りもしていこう」とすっと立ち上がり、花の窟神社の方へスタスタと歩いて行った。僕もあわてて、その後をついて行く。

「ここ、来たことあるか？」

「いや、前を通ったことはありますけど、お参りするのは初めてですね」

「そうか。ええ機会や、しっかりお参りしていけぇ」

鳥居をくぐって歩いて行くと、正面に建物が見えた。しかしそこは、本殿とか拝殿といったものではなく、社務所のようなものであるように見える。門のような役割もあるのか、建物の向こう側に出られそうな通路もあって、きっとその向こうに拝殿や本殿があるのだろう。

そう思っていたのだが、通路の先には崖があるだけだった。ただ、崖の前には柵で囲まれたスペースがあり、その真ん中に神主さんがおはらいをする時に手に持っているあれ、たしか、おはらい棒とか大麻とかいうのだったか、あれに似た形をしたオブジェが建っている。その手前には砂利の敷かれたスペースがあり、お参りをする場合には靴を脱ぐように、という注意書きがある。

「本殿とか拝殿みたいな建物が見当たらないんですが、これだけですか？」

「これだけってあんた、これだけあれば充分やろ」

「でも、あの、ご神体ってどこにあるんです？」

「これや。この崖というか、岩や。これが花の窟やで」

「なるほど。この岩がありがたいものなんですね」

「そうや。さっきいざなみ米の入った団子を食べたやろ。ここの神社はな、あのお米の名前にもなっている、イザナミノミコトという、神々を生んだとされる神様の墓に、地元の村人が花を捧げて、御霊を慰めたことが始まりやと伝えられているんや。そのお墓がここや」

「なるほど」

花の窟神社は、日本最古の神社であるらしく、案内看板や観光のパンフレットなどにもそう書かれているので、詳しい由来は知らなくとも、なんとなくありがたい場所なのだろうな、とは思っていた。ただ、今信雄さんに簡単に由来を聞いた上で、どうしてもわからないのが、イザナミノミコトが神々を生んだ、というところだ。神々のお母さんなのだから、イザナミノミコトはきっと神様なのだろうけれど、イザナミノミコトを生んだのは誰なのだろう。蛙の子は蛙と言うから、神様の子はきっと神様。だから、イザナミノミコトのお母さんも、きっと神様。じゃあ、おばあちゃんもそうだね。それなのになぜ、イザナミノミコトが神々を生んだ、と伝えられているのだろう。蛙の子が蛙ならば、イザナミノミコトのお母さんだって、おばあちゃんだって、神様を生んでいるということになる。それとも、トンビが鷹を生む、みたいなことで、イザナミノミコトという人が、ある日いきなり突然変異のような感じで、神様を生んだということなのだろうか。生前は人であった人が死後神様として祀られることは結構あるから、それならそれで納得は行くけれども、実際のところどうなのだろう。

そんなことを信雄さんに質問してみたけれど、返ってきた答えは「知らん」だった。人生の大先輩が知らないのだから、まあ、僕が知らなくてもいいか。

お参りを済ませて車に戻る。この次はどこへ行くのだろう。

「そうやな、紀和の鉱山資料館って、行ったことあるか?」

「ありませんが」

「ないなら、行こらい」

駐車場を出て、海沿いの道を少し走り、立石南の交差点を右折。鬼ヶ城の手前で合流した国道42号と国道311号は、ここで再び分かれて別の方角へと延びて行く。右に曲がって山の方へ向かうのが、国道311号で、海沿いをそのまま真直ぐ進んで行くのが国道42号だ。

国道311号を進んで行くと、すぐに山道になる。山道沿いには、みかんの無人販売所があちこちに並んでいる。紀伊半島は気候が温暖なため、みかんの栽培が盛んだが、それにしてもすごい数だ。みかんを目当てに周辺の町からやってくる車も多いようで、無人販売所の前に停車している車をところどころで見かける。

「この辺りって、みかんの無料販売所が多いようですけど、やっぱり人気があるんでしょうね」

「ここらのみかんは、甘くて安いで。帰りに買うていこか」

「いいですね。そうしましょう」

お楽しみは後に取っておくことにして、まっすぐ鉱山資料館に向かって車を走らせる。この道を走るのは初めてではない。以前自分の車で、丸山千枚田を見に行った時に通ったことがある。この道を右に逸れてしばらく行ったところだったように思うが、稲刈りもとっくに済んでいる時期だし、今日は寄る必要がないだろう。やはり田んぼを見るなら、田植えの直後にしろ、稲刈りの直前にしろ、その間の青々とした葉が美しい夏の時期にしろ、稲が生えていないとな。

「この道は丸山千枚田を見に来た時に通りましたね」

「そうか。どうやった？」

「夏に行ったんですけど、きれいでしたね」

「夏もええが、田植えの前もええで。それぞれの田んぼが池みたいでな」

「それもよさそうですね。春が来たら、また見に行ってみます」

丸山千枚田は、日本棚田百選にも選ばれているのだが、初めてそれを知った時はとても驚いた。丸山千枚田が選ばれていることに驚いたのではなく、棚田百選に選ばれるような美しい棚田が、丸山千枚田の他に九十九カ所もあることに驚いたのだ。まだ日本棚田百選に選ばれている棚田は、丸山千枚田以外に見たことはないが、いつか時間が出来たら棚田を巡る旅に出掛けてみたいものだ。いつか、いつか、なんて言っていると、いつまでも出掛けられないのかもしれないが、今はいつか、としか言えない。

花の窟神社から紀和鉱山資料館までは、三十分ほどで着いた。紀和は現在、２００５年の町村合併によって熊野市紀和町になっているが、それまでは南牟婁郡紀和町という、独立した自治体であったようだ。紀和鉱山資料館のすぐ近くには、熊野市役所紀和総合支所があるので、この辺りが旧紀和町の中心地だったのだろうか。

「昔は銅の鉱山があって、この辺もにぎやかやったんやが、鉱山が閉山してからは、どんどん人が減ってしまってな」

そう教えてくれた信雄さんの顔は、どこか寂しそうだった。

「そうなんですね。それでは、鉱山資料館を見学しましょうか」

「わしはええ。あんた一人で行けぇ」

三重県立熊野古道センターに続いて、ここも一人で見学か。しつこいようだが、本当に僕は今日、仕事をしているのだろうか。

紀和鉱山資料館は、なかなか面白かった。鉱山で実際に使われていた道具やトロッコなどが展示されているだけではなく、様々な鉱石の展示、昔の大庄屋の仕事ぶりが人形と音声で再現されている展示などもあって、内容は盛りだくさん。しかも入館料は大人三百十円、子ども百円と格安である。この辺りにお客さんを案内してくる機会は少ないが、もしあったら、ぜひおすすめしたい場所である。

見学を終えて資料館を出ると、信雄さんは道の向こうの山を眺めていた。

「よう、あそこに柱みたいなのが立っているのがわかるか？」

信雄さんの指差した先を見ると、山の斜面にだんだんになって、コンクリート造りの構造物があるのが見えた。

「あの、建物の骨組みのようなもののことですか？」

「うん。あれが鉱山の跡や」

「ああ、あそこにあったんですね。本当にここは鉱山の町だったんだなあ」

僕がそう言うと、信雄さんは小さく頷いて「よう、尾鷲に戻ろう」と呟くように言った。

信雄さんを助手席に乗せて、来た道を戻る。僕は帰りにみかんを買うのを楽しみにしているのだが、信雄さんはどこか元気がない。ご高齢であるし、今日は結構冷えているし、体調でも崩されたのだろうか。

「体調、大丈夫ですか？　ちょっと寒かったですもんね」

「体は別にどうということはないんやが、どうも寂しいような気持ちになってしまってな」

「寂しいような気持ち、ですか？」

「そうや。紀和の町も昔はにぎやかやったんやな、と思うと、なんとも言えん気持ちになるんや。尾鷲の人間にとっても、他人事やないやろ。昔に比べれば、尾鷲も随分寂しくなってしまったしな」

「ああ、そういうことですか……」

尾鷲市も人口減少が年々進んでいる。尾鷲で生まれ育ち、今も尾鷲で生活する信雄さんは、将来の尾鷲の姿を想像し、心配しているのだろう。だが、それを解決するのは難しいことだ。日本の人口は将来にかけて減少して行く傾向にあるし、大都市圏に人口が集中して行く傾向もある。僕にもどうすればいいのか、まったくわからない。

「なあ、あんたは、ずっと尾鷲で暮らすつもりなんか？」

「はい」と答えたかったけれど、答えられなかった。僕は偶然尾鷲の駅で列車を降りたことをきっかけに、この町で暮らすようになっただけだ。尾鷲でずっと暮らしてゆく覚悟などない。今のところは尾鷲での生活を気に入っているけれど、いつ気が変わるかもわからない。

「尾鷲は好きですけど、いつまでいるのかと言われてもわかりませんね。もしかしたら一生尾鷲で暮らすのかもしれないし、いつか、よその町へ行きたくなるかもしれないし」

「そんなとこやろうな。わかってる。でも期待はしてるで。あんたは尾鷲に合ってると思う」

そうだろうか。でも僕自身もそんな気がしている。

そのうちに、みかんの無人販売所がたくさん並んでいる地域に差し掛かった。僕はみかんを買って帰りたいし、信雄さんも同じであるはずだ。

「みかん買いますよね？　どこのみかんが一番甘いんでしょうね」

そう声をかけると、信雄さんは少し元気を取り戻したように、にっこり笑って、「そんなもん、運やろが」と楽しそうに言ってくれた。

買う場所は任せると信雄さんが言ってくれたので、僕はその地区の真ん中辺りの、無人販売所が六つまとまっている場所を選んで車を停めた。ここならみかんを選び放題。どこも一袋二百円。僕は、向かって左端の販売所から一袋だけ、信雄さんはそれぞれの販売所から一袋ずつ、合計六袋を購入した。

車を出す前にみかんを一つ食べてみた。甘い。当たり。僕には左端の、あの販売所のものが、なぜか一番甘そうに見えたのだ。理由などない。言うなれば、ひらめき、のようなものだろうか。

ただ、信雄さんが買った六袋の中から、たまたま一つだけ選んだものも、とても甘かったらしい。もしかしたら、あそこに並んでいたみかん全部が、当たりであったのかもしれない。もしそうだとしても僕は、自分のひらめきを信じたい。他と比べても仕方がないのだ。大切なのは、僕が買ったみかんが甘いか否かだ。今自分が、幸せな気持ちであるか否かだ。

僕はこれからも自分のひらめきを信じて、生きて行くつもりだ。なぜなら、僕が今、幸せだから。

# 職業「安土城マスター」

【近江八幡】

出勤するなり、係長に言われた。

「今日、観光タクシーの予約が入っているんやけど、行ってくれるよな？」

「ええ、もちろん。ありがたいです」

「わかっているとは思うけど、安土城の案内付きやで」

やはりそう来たか。

観光タクシーの仕事を貰えるのは、とてもありがたい。しかし、おれに回ってくるのはいつも、安土城の案内を含む仕事ばかりだ。

「どうして、僕にはいつも、安土城の案内付きが回ってくるんですかね？」

「だって君は、安土の出身やないか。詳しい者が案内するのが、いちばんええやろ？」

「まあ、そうですけど」

「それに君が、うちでは一番若いやないか。適任やと思うがな。どうしても嫌や言うんなら、他の者に回してもええけど」

「嫌とは言うてませんやん。ただ、たまには違うコースの案内もしてみたいな、と思っただけで」

「違うコースなあ。うん、また考えとくわ。でも、今日のところは頼んだで」

「わかりました」

理由はわかっているし、観光案内の仕事は売り上げの面でもありがたい。だから文句はないのだけれど、体力的には辛いものがある。安土城の天守跡は、安土山のてっぺんにあるからだ。標高は118メートルとさほど高くはないものの、車で行かれるのはふもとの駐車場まで。そこからは徒歩で上がるしかない。

タクシードライバーなんて、よほど健康に気をつけている人でもない限り、慢性的な運動不足の状態にあるものだし、勤務時間の関係で、生活も不規則になりがちだ。体質、体力に個人差はあれど、運動不足かつ不規則な生活をしていると、腹も出やすいし、体力も落ちやすい。休みの日に運動をするなり、生活が不規則であったとしても、食べるものに気を遣うとか、睡眠時間を充分に確保するなどの努力をすればよいのだろうけれど、おれはそんなにマメな人間ではない。休みの日はいつもゴロゴロ、たまにパチンコ。翌日仕事がある日は酒を飲めないので、休みの前の夜は、ビール、焼酎、ウイスキー。もちろん腹だって出ている。それに、「うちでは一番若い」というのは事実だが、タクシードライバーには中高年が多く、営業所のドライバーの中では一番若いおれでも、すでに四十を超えている。立派なおじさんだ。

「ええと、お迎えは……、安土の駅に十三時やな。お客さんのご要望としては、安土城についてしっかり案内してほしい、とのことや。その後は時間のあるかぎり、近江八幡の町を案内してほしいって。頼んだで」

安土城の後は休憩なしか。まあ、いい。頑張ろう。

午前中は通常通りの仕事をこなして、早めに昼食をとり、安土の駅に向かった。昼食の際に水をがぶ飲みしておいたので、水分補給もばっちりだ。準備は整った。

今日のお客さんは、お父さん、お母さん、小学生ぐらいの男の子の、親子三人連れ。お三方とも、山歩きにもピッタリな、動きやすそうで、涼しそうな服装をしている。ゴールデンウィークを過ぎたこの季節。日中は汗ばむような気温になる日も増えてきた。安土城へは、あのようにこざっぱりした格好で訪れるべきだよな。

暑くなる日が増えたといえ、まだ五月。会社の規則では、ジャケットを着用して、乗務にあたることになっている。当然ながら、ネクタイもしている。足元は黒い革靴だ。ここが、タクシードライバーの辛いところ。おれはこの暑苦しい格好で、安土城の案内をしなくてはならない。

「お待たせいたしました。お鞄はトランクの方へどうぞ。貴重品は念のため、お手元で保管してください」

今日はどちらかへ泊まられるのだろうか。それとも、昨日どこかに泊まられて、今日帰るのだろうか。お預かりしたのは、飛行機の機内にもギリギリ持ち込めそうなサイズの、キャリーケースが二つ。トランクには余裕で収まる量だ。

こうやってキャリーケースを預かる時によく思うのだが、キャリーケースって、鞄だろうか。キャリーバッグと呼ばれることもあるので、バッグ、すなわち鞄でいいのか。鞄の定義って一体なんだろう。個人的には、革、もしくは布で作られたものが鞄、樹脂や金属で作られたものがケース、というイメージだ。

まあ、いいか、そんなことは。

「さあ、どうぞ」

お客さんを座席に案内して、車を出した。安土駅から安土城の駐車場までは、車で五分ぐらいか。歩きでも二十分から三十分ぐらいだろう。歩こうと思えば、歩ける距離だ。タクシーで行っても、料金は知れている。駅前にはレンタサイクルがあるし、たしかコインロッカーも観光案内所の中にあったはずなので、荷物を預けてサイクリングがてら安土城を見学する、という方法もいいだろう。もちろん安土城の下には駐車場もあるので、自家用車やレンタカーでも不自由することはなさそうだ。

交通が便利であるとまでは言えないが、タクシーを利用せずとも安土城へ向かう方法は色々あるので、安土城を見学するために、案内付きであるとはいえ、貸切でタクシーを利用して下さるお客さんは、それほど多くない。それなのに、おれにばかりこのコースが回って来るのだ。大変だし、時々愚痴をこぼしてしまいたくなるけれど、やってやれないことはないし、売り上げも安定するのだから、実はこの現象をおれはありがたいとも思っている。楽して稼ごうなどという邪な気持ちをつい持ってしまいがちな、おれの心が弱いからいけないのだ。稼ぎたければ、汗水をジャンジャン流さなければ。これぞ、労働者。

よし、気合が入った。いくぞ、安土城。

安土城の駐車場に車を入れて、案内を開始する。一つだけ注意が必要なのは、車をそれなりに長い時間離れることになるので、車内にはなるべく貴重品を残さないことだ。昼間だし、人目はあるし、車をちゃんとロックをしておけばよほど大丈夫なのだろうけれど、念のため。

「それではご案内します。しばらく車を離れますので、念のため貴重品は身に着けてお持ちください」

今日のお客さんは歩く気満々、という服装をしていらっしゃるので、財布や携帯電話の管理もちゃんと考えておられるのだろうけれど、これも念のため。

「ええっと、スマホ、財布、カメラは写真を撮るから持っていくとして、ママは大丈夫？」

「うん、私は大丈夫。ああ、ねえ、パパ、パソコン大丈夫かしら？」

「パソコン？　ああそうか。でも、キャリーケースの中だし、トランクには鍵がかかっているから、大丈夫でしょう」

「でもあれ、仕事の資料とかも入っているんじゃないの？　万が一失くしたらマズくない？」

「機密事項は入っていないけどね。ただ、もし失くしたら、明後日のプレゼン、困るなあ」

なぜ家族旅行にパソコンなんか持ってくるのだろう。せっかくの家族旅行なのだから、パソコンなんて家に置いて来いよ、とは思うけれど、人にはそれぞれ事情がある。もしかしたらパパさんは、家族旅行の際にも、宿泊先のホテルで仕事をしなくてはならないような、多忙なビジネスマンなのかもしれない。忙しい中でもなんとか家族との時間を確保しようと、この旅行を企画したのなら、それも仕方ないのか。まったく、日本の労働者は大変だね。頑張れ、パパさん。

「そうでしょう？　万が一のために、持って上がったほうがいいと思うな」

「でもなあ。持って上がるの、大変だよ」

仕方ないな、と私は自分のバッグから折り畳み式のリュックサックを取り出した。

「そのパソコンって、これに入りますかね？　もし入るのなら、私が背負って上がりますよ」

パソコンを背負って上がるのは珍しいが、貴重品の管理に困られるお客さんは時々いる。特に女性のお客さんの場合は、靴はスニーカーなどでいらしても、ハンドバッグや手提げ鞄をお持ちになっていることが多い。また、ズボンならまだしも、スカートをはいておられる場合などは、ポケットにスマホと財布を入れて、ということも難しい。かといってバッグを手に持って、いうのも大変だろうし、危ない。安土城跡へと上がる道は、結構石段が急だし、石段に使われている石が大きくて上りにくいところもあるので、よほどのことがない限り転倒はしないだろうが、それでも両手は自由に使えたほうが安心だ。そんな時のためにおれは、この折り畳み式リュックを、自分のバッグの中にいつも忍ばせているのである。多分うちの営業所でこれをやっているのは、おれだけだ。

「入りそうですけど、いいんですか？」

「大丈夫ですよ。お客さまが貴重品の管理に困られることが、結構あるんですよ。だから、これを用意しているんです」

「パパ、お願いしたら？」

「そうだね。じゃあ、お願いします」

「かしこまりました」

パソコンを背負って、まずは城なび館の隣にあるトイレへ。

「山の上にはトイレがありませんので、必要があればこちらでどうぞ」

皆さんトイレを。私もついでに。戻ってきたら今度は自動販売機の前へ。

「今日は気温も高いですし、結構上りますので、お水などお持ちでなければ、こちらでどうぞ」

皆さん、お水をそれぞれ一本ずつ。私もついでに一本購入。

「すみませんが、上着を脱がせていただきます。まことに申し訳ありませんが、ネクタイも」

「どうぞどうぞ」

上着とネクタイをきれいに畳んでリュックの中へ。万が一の際は、パソコンを守るための緩衝材にならないだろうか。ならないかもしれないな。

ワイシャツの袖をまくり上げ、再びリュックを背負う。よし、行きましょう。

受付を済ませたら、杖の案内だ。

「よろしければ、この杖をご利用ください」

受付の先に竹の杖が用意されていて、見学者は無料で借りることができるようになっている。

三人とも手に取ったが、おれだけは借りなかった。

「まず、右手にあります、石垣で整えられたスペース、ここが前田利家の屋敷跡、左手のスペースは、羽柴秀吉の屋敷跡、前田利家屋敷跡の上の、お寺があるあたり、あのあたりが徳川家康の屋敷跡だと伝えられております」

説明を始めると、それまで一言もしゃべらずに大人しくしていた息子さんが、初めて口を開いた。

「へえ、こうなっていたんだ。信長公はこの三人が好きだったから、こうやってお城の入り口に屋敷を持たせたのかな?」

「そうかもしれないな。それに、戦の面だけじゃなく、政治の面でも頼りにしていたのかもね」

「うん。近くに住んでいれば、いろんな相談もしやすいだろうね。すぐに遊びにも行けるし」

「遊びか。戦国の武将たちはどんな遊びをしていたんだろう」

「昔だからゲームもないし、パパみたいにゴルフもしないよね。じゃあ、ママみたいに友だちと集まって、お茶を飲んでたんじゃない？　カフェはなかっただろうけど、お茶はあったんじゃないかな」

「ははは、お茶か。たしかにあったと思うな。でも、お茶だけじゃなくて、他にも色々楽しみはあったと思うよ」

「そうだね。家に帰ったら色々調べてみよう」

「それはいいな。じゃあ、次の休みは、図書館にでも行ってみようか」

なんだこの、理想的な父子の会話は。子どもの考えを否定せず、さらに想像を掻き立てるようなことをさりげなく足してゆく。頭のいい子というのは、こうやって育てられるのか。

「どんな屋敷だったのかな。すごく大きかったのかな？」

「あのね、あそこの秀吉の屋敷跡にね、家の間取りがわかるような案内図があるよ」

差し出がましいようだが、息子さんに一応案内。

「そうなんですか。パパ、行ってみようよ。ほら、ママも」

息子さんを先頭に、パパさん、ママさんが後をついて行く。三人とも受付のところで借りた杖を持っているが、息子さんはやはり、すでに持て余し気味だ。元気な子どもに、そもそも杖など必要ないのである。それに身長に対して、杖が長すぎる。バランスとしては、水戸黄門ぐらいだろうか。もうちょっと短いほうが、使いやすいよね。

秀吉の屋敷、というか、この大手道沿いにかつてあったのであろう他の屋敷も皆、山の斜面に石垣を積んで造成された平地の上に建築されていたようだ。秀吉の屋敷の敷地は上下に二段に分かれているのだが、三人はまず、下側の敷地に入って行った。

「ここここの上の土地、ああ、そちらですね、この二段の土地に秀吉の屋敷があったようです。こちら側には厩が、上には主殿があったようですね。ここにあった厩は、馬を六頭飼えるぐらい、大きなものだったそうですよ」

定型通りの説明をすると、息子さんから質問が飛んできた。

「うまや、っていうのは、馬小屋のことですか？」

「そうですよ」

「主殿というのはなんですか？」

「屋敷の主人が生活をしたり、お客さんを招いたりする建物ですね。つまり、家だと考えればいいと思いますよ。今でも大きな家だと、生活する家の他に、物置があったり、ガレージがあったりするでしょう？　昔は馬が車みたいなものだったと考えると、厩というのは、今の時代ならガレージみたいなものじゃないのかな」

そう説明すると、息子さんから笑みがこぼれた。

好奇心に満ちた少年の顔というのは、いいものだ。知りたい、という思いがきっと少年の未来の姿を作って行くのだろう。この子はきっと、立派な大人になるのだ。頼むぞ、少年。この国の未来は、君のような子たちによって作られてゆくのだ。

羽柴秀吉の屋敷跡を一通り見学して、石段を上って行く。息子さんは杖を手にしてはいるものの、いよいよ、もういらない、といった様子になっている。

「おじさんにその杖、貸してくれない？」

そう言うと、息子さんは「どうぞ。僕は大丈夫ですから」と杖を手渡してくれた。最初に杖を借りなかったのは、こうなることを予測していたからだ。もしおれが杖を持っていたら、おれが息子さんの杖を預かる、という形になってしまう。預かるより借りるという形にした方が、息子さんとしても気分がいいのではないだろうか。

石段の途中には「石仏」と書かれたプレートが所々にある。プレートの横にはどこにも、灰皿や小さな植木鉢などが置かれており、その中に小銭が入っている。なぜそのようになっているのか。理由を知らなければ、奇妙な光景かもしれない。説明をしようかな、と思ったけれど、先にパパさんから質問が飛んできた。

「あれは一体なんです？」

「この石段の材料として、石の仏さまが使われているんですよ。よくご覧ください。大分風化はしていますが、道端にあるような、石の仏さんでしょ？」

「本当ですね。仏さんだ。この石段を造る時に、他の石と同じように、ただの石として集められてきた、ということなんですかね？」

「築城の際に必要な石は、近郊の山々から集められたのですが、その中に混ざっていたのではないかと言われています。石仏だけでなく、墓石なども混ざっているみたいですよ」

「本来なら手を合わせて拝まれるようなものが、石段の材料にねえ。踏まないようにしないとな」

「築城された時の様子を保存するために、このようになっているのでしょうが、やはり仏さまですからね」

パパさんはその場にしゃがんで財布から小銭を取り出すと、プレートの横の灰皿に入れて、静かに手を合わせた。おれも小銭は出さなかったが、その隣にしゃがんで手を合わせた。

それからも汗をかきながら石段を上り、黒金門跡、本丸跡、天守跡を見学し、信長公本廟へたどり着いた。するとそれまで静かに見学をしていたママさんが、困惑したような顔をして、こうつぶやいた。

「信長って、比叡山を焼き討ちしたり、一向一揆を徹底的に制圧しようとしたり、仏教が嫌いなイメージなんだけど、お墓はこんな風なんだね。でも、どうやってお参りしたらいいんだろう。お墓はこうなんだけど、仏教風に手を合わせるのはおかしいのかな？　キリスト教を保護していたから、アーメンのほうがいいのかな？　でも似合わないよね」

信長公は仏教嫌い、たしかにそんなイメージを持つ人もいるだろう。また、昔のことだから、本当にそうだったのか、そうでなかったかもわからない。史料などを元に考察された、さまざまな説があるだけだ。だからママさんの言っていることも間違いであるとは言えない。そうかもしれないし、そうでないかもしれないだけだ。

一向一揆については、各地で戦国大名が手を焼いていたようだし、制圧の方法がやや過激であったり、やや執拗であったりしたとしても、それが仏教嫌いであるということにはならないだろう。

領地を治めるために必要であったのだろうし、そもそも信長が生きていたのは戦国時代だ。戦や争いに対する考え方が、現代とは違う。比叡山の焼き討ちについては諸説あれど、信長の旧臣太田牛一によって記されたとされる、『信長公記』を参考にするならば、比叡山延暦寺の僧侶たちは当時、宗教者としての役目を果たしておらず、完全に堕落していたようである。だからといって焼き討ちはないだろう？　とも思うけれども、おれもやはり現代の人間。戦国時代の人間とは考え方や価値観が違う。キリスト教を保護したことについても、仏教を憎むあまりそうした、という説があるのは知っている。ただそれも本当のことはわからない。

「運転手さん、どうなんでしょう？」

ママさんの困惑を受けて、パパさんも困惑したのだろうか。そんな質問がおれに向けられた。

「どうなんしょうね。ただ、築城の際に、信長公はこの城内にお寺を建てられています。家康の屋敷跡に、お寺があったでしょう？　元々あのお寺はこのすぐ下にあったようなんです。今も三重塔や仁王門が残っていますよ」

「そうなの。じゃあ、仏教式でよさそうですね」

ママさんは納得したようにそう言って、信長公のお墓に手を合わせた。

それから山を下りつつ、三重塔や仁王門を見学して、駐車場に戻った。背中に背負っていたリュックを降ろし、パパさんにパソコンを返して、ジャケットとネクタイを取り出して運転席に置き、リュックを畳んでバッグにしまって、バッグの中から汗を拭くための、デオドラントシートを取り出した。

「よろしかったらどうぞ」

三人にも一枚ずつ差し上げて、「失礼して」と自分も顔や首筋の汗をぬぐった。本当はシャツを脱いで脇の下も背中も拭きたかったけれど、お客さんの前だ、我慢、我慢。それでも随分すっきりした。

ネクタイを締め直して、ジャケットを着て、運転席に座る。さて、ようやくタクシードライバーらしい形に戻った。気を引き締めて、後半戦へ、ゴー。

「この後は近江八幡の町を案内するよう言われていますが、どちらかご覧になりたい場所はございますか?」

「あと、時間ってどれぐらいありますか?」

「三時間のコースと伺っておりますので、あと、一時間半ぐらいでしょうかね。近江八幡観光の中心となるあたりまでは、十分ぐらいですので、一時間以上はご案内できるかと思いますが」

「駅までって、結構距離がありますよね? 見学の後に駅まで送っていただくことって出来ますか?」

「近江八幡の駅でよろしいですよね? 駅までは大体十分ぐらいですから、お送りするとしても、やはり観光に一時間ぐらいは取れそうですね」

「近江八幡の町は初めてなので、運転手さんにお任せしますよ」

「それでは、町並みを楽しむ、といった感じでよろしいでしょうか。町を歩いて目に留まったものや、気に入ったものがあれば、臨機応変に行きましょう」

安土城の駐車場を出て、県道2号を西へ。このまま県道2号を進んで行っても、近江八幡の町には着くが、途中で右に曲がって、田園地帯の中を抜けて行く方がスムーズだろう。信号も少ないし、車も少ない。

「うわあ、すごく広い田んぼ」

県道2号を右折する前に、息子さんが声を上げた。県道2号を右折し、田園地帯を抜けていくつもりであったが、右折するまでもなく、田園地帯に入ることは出来る。県道2号をまっすぐ行く場合と、右折する場合の違いは、田園地帯の間に町があるかないかだ。つまりは、町から田園地帯、田園地帯から町、町から田園地帯、そしてまた町、と走って行くか、田園地帯、まだまだ田園地帯、さらに田園地帯、やっと町、と走って行くか、の違いである。

県道を右折。はい、田園地帯で~す。ずっとそうで~す。

「やっぱりこの辺りは、田んぼが多いですね。近江米って有名ですもんね」

パパさんが助手席から。やっぱり近江米は有名なのだな。地元に住んでいる人間が有名だと思っていても、実はそんなに有名ではなかった、なんてことはよくあるけれども、近江米や近江牛は本当に有名なのだろうな。

「わたしも聞いたことがあるよ。ねえ、運転手さん、近江米の品種ってなんですか？　やっぱりコシヒカリなんですか？」

「もちろん、コシヒカリもありますけど、キヌヒカリ、日本晴れ、秋の詩、きらみずき、みずかがみなど、様々なものが作られていますね。近江は近畿の米蔵と呼ばれるくらい、生産量も多いんですよ」

「へえ、そうなんですか。知らなかった」

ママさんは相当驚いたようだった。

田園地帯を抜け、近江八幡の町に入る。どこの駐車場に車を入れようかと迷ったが、通ってきた道から入りやすく、比較的収容台数の多い、多賀観光駐車場に車を入れることにした。駐車料金は一日五百円という設定になっているので、一時間程度の観光をするには少し割高になってしまうが、駐車場を探してうろうろするより、マシだと考えたのだ。

この駐車場の隣には、「あきんどの里」という施設があって、飲食店や革細工の工房など、何軒かのお店が入っている。お店に用事がある場合は、駐車料金を支払う必要があるので不便に感じるかもしれないが、一時間程度ではなく、もっとゆっくり観光をする場合などは、一日単位の料金設定なので、駐車料金を気にすることなく楽しむことが出来るだろう。

「ここからは歩いてご案内しますね」

三人のお客さんを先導し、駐車場の奥にある「おいでやす」と書かれたゲートを抜けて裏側の道に出、薬師橋を目指して歩いて行く。薬師橋までは住宅街を通って行くのだが、この道もなかなかに風情があって好きだ。新しく建て直されたような住宅も多いが、古い木造の住宅も結構残っている。このバランスがなんだかいいな、と思うのだ。完全に古い町並みが保存されている地区を歩くのもいいものだが、こういった町のほうが生活の匂いがするというのか、古い町としての説得力があるというのか、町並みが時代によって自然に変化して行く様子が手に取るようにわかるというのか。歴史というのは常に変化によって刻まれてゆくものである。もしかしたら、その過程を今見ている、という感覚がおれは好きなのかもしれない。

　薬師橋を渡るとすぐに、右手にお寺が、左手にお稲荷さんが見えてくる。その先に見えるのは、日牟禮八幡宮の森だ。

「あちらが有名な、日牟禮八幡宮です。近江八幡の八幡は、この八幡宮から来ているようですよ。ちなみにこの先にはロープウェイがあって、それに乗ると、山の上の近江八幡山城跡に行かれます。展望台もあって眺めもいいんですよ」

「それ、乗りたい」

　おれの説明を聞いた息子さんが、そう言いながらパパさんの顔を見上げる。

「う〜ん、今日は時間がないからな。また今度にしよう」

　パパさんは困惑したような表情を浮かべながら、息子さんにそう告げた。

「ねえ、ダメ？」

　今度はママさんに向かって、息子さんが食い下がる。ママさんも困ったように、「またね」と息子さんをたしなめた。

　余計なことを言ったかな、と思いながら息子さんの顔を見ると、明らかに元気がなくなっている。ショボーン、がっかり、そんな心境なのだろう。なんだか申し訳なくなってしまった。

　日牟禮八幡宮にお参りして、南へ下る。白雲橋を渡ったところには、日牟禮八幡宮の鳥居が建っている。近江八幡のシンボルとも言える、立派な鳥居だ。

「あちらの鳥居は、元和二年、すなわち一六一六年に造営されたものです。姿をよくご覧ください。柱の頭のところに台輪が載っていたり、笠木の上に屋根が設けられていたりと、なかなか独特な姿をしていますでしょう?」

「たしかにこういった形の鳥居は、あまり見かけないな」

「珍しいよね。それにシルエットがとてもきれい。特に屋根のラインとか」

橋の上で説明を始めたところ、パパさんとママさんには、それなりに興味を持っていただけたようだが、息子さんは鳥居を見ようともせず、水路の方を見ている。

「あのね、このお堀は八幡堀って言うんだよ。豊臣秀次が八幡山にお城を築いてこの町を開いた時に、琵琶湖から船を町に引き入れて、人や物や情報を集めるために掘らせたんだ」

「じゃあ、このお堀は琵琶湖とつながっているんですか?」

「そうだよ」

「あの船はなんですか?」

「あれはお堀巡りの船だよ。途中で折り返してくるから、琵琶湖までは行けないけれどね」

「ねえ、あの船に乗りたい」

息子さんが、パパさんに向かってそう叫んだ。息子さんの目は、真剣だ。

「今日は時間がないんだよ。またにしよう」

パパさんがまた、困惑の表情を浮かべて、息子さんにそう言い聞かせる。

「さっきもそうだった。ロープウェイにも乗れないし、船にも乗れないし、つまらない」

「いい加減にしなさい。タクシーを借りているのは、四時までなの。今から船に乗ったんじゃ、間に合わないでしょ？」

ママさんが、少し強めの調子で言う。パパさんとママさんの言うこともわかるのだが、おれはなんだか、息子さんが可哀そうになってしまった。

安土城を案内しているときは、なんて賢くて、しっかりした子だろう、と思った。でもやっぱり、子どもは子どもだ。ロープウェイとか、船とか、日頃あまり乗ることのない乗物に興味を持つのは当然だ。これも子どもの好奇心。ご両親は子どもの好奇心を育み、満たすためにこの近江八幡へやって来たはずだ。ということは、息子さんとご両親の想いは同じ。障害となるのは時間だけ。ならば、障害を取り除くだけだ。

「あの、よろしければ私、駐車場で待っていましょうか？」

「でも、時間が」

「少々なら大丈夫ですよ。なんとかうまいことやりますから。それより、あの船の営業時間、十六時までなんです。乗られるなら急がないと」

「申し訳ないような気もしますけど、じゃあ、乗ろうか」

パパさんの言葉を聞いて、息子さんの目に光が戻った。

「最終便にはまだ間に合うと思います。さあ、参りましょう」

三人を乗り場まで案内し、一人で駐車場に戻って、車内で待機していると、十六時半を少し過ぎた頃、三人が戻って来た。

「いやぁ、乗ってよかったです。息子も喜んでくれましたし」

「私たちも楽しかったしね」

息子さんも、ニコニコしている。いい思い出になったかな。

それから三人を近江八幡の駅まで送った。貸切料金を頂いているので、駅までの運賃は頂かないでおこうかな、と思ったのだけれど、パパさんが「それは申し訳ないですよ。延長料金を支払います」とおっしゃるので、「延長料金よりも通常のメーターの方が安くすみますので、そうしましょう」と提案し、通常のメーター料金を頂くことにした。駅で三人を見送った際、息子さんが振り返って、おれにピースサインをくれた。おれも嬉しくなって、両手でピースサインを返した。

売り上げも立ったし、疲れたし、ちょっと休憩しようか、と営業所に戻ると、係長がにこにこしながら、おれに近寄ってきた。

「今、お客さんがわざわざ電話くれてな、とてもサービスよかったと言うてくれたんや。安土城の案内も、わかりやすくて完ぺきだったらしいな。えらい喜んではったで。これから、安土城の案内は、百パーセント君やな。君は、スペシャリストや。安土城マスターや」

わざわざ電話までくださったのか。ありがたいな。汗を流して頑張った甲斐があった。

「喜んで頂けて、僕も嬉しいですよ」

「そうや、その心が一番大事や。これからも頼むで、安土城マスターさん」

安土城マスターか。おれも安土出身の人間。そう呼ばれて、悪い気はしない。ここは一つ、覚悟を決めるか。もっと勉強して、もっと工夫もして、安土城や近江八幡の町を訪れるお客さんを、もっともっと喜ばせてやる。そうだ、安土城マスターとしては、体力作りもしないと。食生活にも気をつけて、健康維持にも気を遣わないと。

おれはそう決意して、営業所のソファーに腰を下ろした。休憩が済んだらもうひと稼ぎだ。安土城を案内した後でも、きちんと休憩を取れば、身体はそれほど辛くない。

だっておれは、安土城マスターなのだから。

私の日常は誰かの非日常、
誰かの日常は私の非日常

【松本】

松本城から車で十分ほどのところにある、浅間温泉。レジャーの多様化などの理由によって、衰退する温泉街が多いと言われる昨今の状況下において、今も旅館が約三十軒、日帰り入浴施設が二軒、一般の観光客も入れる共同浴場が三軒営業を続けている。史跡やグルメスポットなども充実しており、温泉街としての賑わいもなかなか。歴史も古いようで、日本書紀に「束間の温湯」と記述された温泉が、ここ浅間温泉のルーツであると伝えられている。江戸時代には松本藩主の別邸や、藩士の保養を目的とした湯が置かれ、明治時代には、正岡子規、与謝野晶子、竹久夢二といった文化人たちにも愛されていたという、なんだかとてもすごい温泉なのである。

浅間温泉は市街地や駅に近いので、遠方からJRの特急に乗って松本まで来て、そこから旅館まではタクシーを利用する、なんてこともしやすいし、一時間に一本から二本程度、松本のバスターミナルからバスも出ているので、普段車を運転しない方でも、気軽に訪れることが出来る。

これからお迎えに行くお客さまも、日頃車を運転されない方なのだろう。事前の予約を頂いており、この後は観光地をご案内することになっている。

旅館のフロントで予約を頂いている旨と、お客さまの名前を告げると、「もうすでにあちらでお待ちですよ」と、フロントの方がロビーのソファーに座っているお客さまのところまで案内してくれた。

「中根さま、タクシーが参りました」

「お待たせいたしました。私、中信観光タクシーの上条と申します。本日はご利用ありがとうございます」

「ああ、上条さんですね。中根です。今日はよろしくお願いします。こちらは妻です」

「よろしくお願いします」

ご主人さまは、見事な白髪をオールバックになでつけ、茶色い格子柄のテーラードジャケットに、ベージュのチノパンを合わせた、なかなかにおしゃれな紳士。奥さまは薄いグレーのニットに、深い緑のスカート。首からへその上ぐらいまでありそうな、長いネックレスも印象的だ。うん、レディっぽい。

格好いいご夫婦だな。

「荷物をお持ちします」

お二人のバッグを両手に下げて、車へ向かう。お二人とも、コロコロするタイプのキャリーケースではなく、ボストンバッグを使用されている。たしかにあのコロコロは便利だけれども、持って歩く姿はやはり、ボストンバッグのほうが格好いいような気がする。重いけどね。しかし、おしゃれと利便性の両立は、難しいのが常である。

両手に持ったボストンバッグをトランクにしまうには、ちょっとした手順が必要だ。まず、バッグを持ったまま運転席のドアを開けて、片方のバッグを運転席に置く。空いた片手でトランクを開けるレバーを操作する。トランクが開いたら、車両の後方に回って片手に持っているバッグをトランクにしまう。運転席に戻ってもうひとつのバックを持ち、また車両の後方に回ってトランクにしまい、トランクリッド、すなわちトランクの蓋を閉める。運転席には戻らず、後部座席のドアを開けて、お客さまを車内へご案内する。後部座席のドアを閉めて、運転席へ戻る。これで完了だ。

「あらためまして、ご乗車ありがとうございます。伺っておりますのは、美ヶ原高原美術館から ビーナスラインを経由して、霧ヶ峰、車山高原、白樺湖を巡りまして、諏訪大社の上社本宮へ抜けるコースですが、間違いございませんでしょうか？」

「はい。それで大丈夫です」

「承知しました。美ヶ原高原美術館までは、アザレラインを経由して、扉峠からビーナスラインに入るのが最もスムーズかと思いますが、こちらのルートでよろしいでしょうか？」

「この辺りのことはよくわからないので、プロである上条さんにお任せします」

「かしこまりました。それでは出発いたしますので、シートベルトの装着をお願いいたします」

松本の市内から美ヶ原方面へのルートは他にもあるが、私としてはこのアザレラインからビーナスラインへ入るルートが、距離、所要時間、道路の状態を総合的に考えて、最もバランスが良いと感じている。ここ浅間温泉から、美ヶ原高原美術館までの所要時間は、一時間前後だろうか。

松本盆地から山へ向かって、車を走らせて行く。「ぶどうの郷　山辺ワイナリー」のある入山辺地区を抜けると、いよいよ本格的な山道だ。先の見えづらいカーブが所々にあり、運転には注意が必要だが、やはり木々の間を走り抜けて行くのは気持ちのいいものだ。

だが、お客さまとしてどうだろう。後部座席は運転席と比べて、車酔いをしやすいと言われている。ミラーで確認する限り、お二人の顔色は良さそうだし、表情も穏やかだが、本格的な山道はまだ始まったばかり。今日のお客さまが車酔いをしやすい方ではなかったとしても、車酔いをしにくい運転とは、乗り心地のよい運転でもある。お客さまの乗り心地がよくなるよう、丁寧な運転をするのは、プロのドライバーとして当然のことだ。気を引き締めて行かねば。

ここから美ヶ原高原美術館までは、基本的に上り道。カーブに進入する前の減速にも、スピードを出しすぎていない限り、強いブレーキは必要ない。早めにアクセルをゆるめ、それでも足らない時にだけ、じわりとブレーキを踏むだけで充分。さらにもう一点。ハンドルを回す量を一発で決めること。途中で切り足したり、あるいは切りすぎたのを戻したりすると、車の挙動が乱れ、車体も揺れる。車体が無駄に揺れれば揺れるだけ、後部座席のお客さまは、車に酔いやすくなる。カーブの多い道を走るための基本的なテクニックだが、やはり気をつけていないと、運転はつい雑になってしまうもの。雑な運転をしているタクシードライバーも、残念ながらいる。悪い意味での慣れ、だろうか。運転をしている時間が長いので、運転が日常となり緊張感が薄れてしまうのだ。それでも、運転の技術はそれなりにあるので、滅多に事故もしない。これはタクシードライバーに限った話ではなく、ベテランと言われるドライバー全般に当てはまることかもしれない。

私も気をつけねば。

アザレラインを進んでいくと、やがてビーナスラインに突き当たる。右に進めば美ヶ原、左に進めば霧ヶ峰だ。

ここから先もまた、注意が必要だ。秋の行楽シーズン。観光客が多く、交通量がそれなりにある上に、山道に慣れていない車も多い。また、イエローのセンターラインをはみ出して、すごいスピードで車を追い越して行くオートバイを、度々見かける。美ヶ原高原美術館の手前には、カーブと勾配のきつい区間もある。

左右を確認しビーナスラインに入ると、すぐに前の車に追いついてしまった。その先にも、何台かの車が連なっている。ここは追い越しのできない区間。適度な車間を空けて、ついていくしかない。

「少し混んでいるようですね」

「そのようですね。でも、こうしてゆっくり走るのもいいじゃないですか。日頃都会で暮らしていると、こんな道を走っているだけで、心が休まりますよ」

やたらと急かすタイプのお客さまでなくて、よかった。

「そうよね。少し寒いかもしれないけれど、窓を開けていいかしら？」

「ええ、どうぞ」

「それじゃ失礼して。ああ、いい風」

奥さまも窓を開けて、風を楽しまれている。今日は本当に、いいお客さまに当たった。この時期は、木々も紅葉しており、ドライブにも向いているといえるだろう。

そのままゆっくりとしたペースで走り続けて、美ヶ原高原美術館の前の、大きな駐車場に着いた。ここには道の駅としての役割もあり、おみやげ売り場やレストランもある。標高は約二千メートル。浅間温泉の辺りと比べると、随分気温が低い。お二人ともちゃんと上着をお持ちだ。

「いってらっしゃいませ」

私はここで待機。自動販売機で温かいコーヒーを買い、車の外で景色でも眺めていることにした。この駐車場からの景色は、言うまでもなく素晴らしい。

この美術館の特徴は、室内のギャラリーだけでなく、屋外にもたくさん作品が展示されているところだ。しかも高原の、大自然の中。天気のいい日ならば丸一日いても飽きないくらい、気持ちのいいところである。ちなみに冬季は休館となるので、営業しているのは四月の下旬から十一月の中旬ぐらいまで。ベストシーズンはやはり夏だろうか。まあ、ここまでやってくるのに通ってきたビーナスラインも、冬季は同じように通行止めになるので、来ようと思ってもなかなか来られないけれど。

お二人は、一時間ほどで帰ってきた。もっとゆっくり回ってきてもよさそうなものだが、さすがに寒いのだろう。

車を出して、霧ヶ峰方面に向かう。ここから霧ヶ峰の無料駐車場までは、四十分ぐらいだろうか。某電気機器メーカーのエアコンに、「霧ヶ峰」という商品名のついたものがあって、名前だけはよく知られているけれども、とりわけ珍しいものがあるわけではない。駐車場の前にはずっと草原が広がっているだけ。ただ、夏場に来ると涼しく、空気もさわやかで、エアコンの商品名にはぴったりだと思う。

観光としては、どうだろう。駐車場の正面に、丘のように小高くなっている場所があって、そのてっぺんに建っている霧鐘塔という鐘がぶら下がった塔を見物してくるか、そのすぐ横にグライダーの発着場所があるので、それを見物するか、丘の手前の草原に馬がいて、いくらか支払うと乗せてもらえるので、それに乗ってみるか。もちろん、草原の景色は素晴らしいし、周囲の山々もきれいだ。夏の草原も素晴らしいが、秋の枯れた草の風情も、なかなかいいものである。

霧ヶ峰に着くとお二人は、十分ほど草原を散策しただけで、車に戻ってきた。わずか十分？と思ったけれど、もしかしたらちょうどよいくらいなのかもしれない。今日のコースは景色のいいところばかりだし、ここでは高原の雰囲気を味わうぐらいで充分なのだろう。

続いて、車山高原へ向かう。霧ヶ峰から車山高原にかけての景色は、ビーナスラインの中でも、特に景色がよいところだ。

「わあ、きれい」

「そうだね。高原を走っているという感じがするね」

後部座席からも、そんな声が上がった。草原、森、周囲の山々。私も好きな区間だが、近くに住んでいるし、このように仕事で走ることもあるので、後部座席のお二人ほどは感動できない。「やっぱり、ここはいいな」といった感じである。そう考えると私は、幸せなのだろうか、それとも不幸なのだろうか。都会には都会の良さがあるし、田舎には田舎の良さがある。都会で生活している後部座席のお二人は、日頃は都会の良さを享受し、今、田舎の良さを楽しんでいる。私は自然のすぐそばで生活をしていて、それは幸せなことだけれど、今この、自然の多い場所でも特に美しいこの場所にいながら、「やっぱり、ここはいいな」といった程度の心の動き。心の振れ幅はお二人に比べて明らかに小さい。

ああ、そうか、たまには私も都会に遊びに行けばいいのか。私が見たらきっとすごく感動するのであろう都会の夜景など、お二人からすれば「やっぱり、ここはいいな」となるのかもしれない。お互いの日常も、お互いの非日常も、大きく違うのだから。余計なことを考えたな。

そのうちに、車山高原スキー場前の駐車場が近づいてきた。この辺り一帯が車山高原なのだけれども、「車山高原まで」と観光のお客さまに言われた場合は、このスキー場の辺りにご案内するのが正しいような気がする。

「車山高原では、どうされますか？」

後部座席に向かって質問をするには、いい頃合いだろう。

「そうですねえ、君はどうしたい？」

「あなたにお任せします」

「そうかい？　しかし、任せられてもなあ。上条さん、何かおすすめはありますか？」

おすすめねえ……。

「おすすめというか、定番になりますけど、スキー場のリフトに乗りますと、車山の頂上付近まで行けるんです。リフトからの景色も、上からの景色も素晴らしいですよ」

「いいねえ。どう？」

「私もいいと思う」

「そうですか。では、リフト乗り場の近くに車をお着けしますね」

駐車場の近くにある乗り場からリフトに乗れば、六分ほどで中腹にある乗り場に着く。そこでさらに上へと延びるリフトへ乗り継げば、八分ほどで頂上だ。頂上に行ったところで何があるというわけではないのだが、言うまでもなく、景色は素晴らしい。先ほどから景色の美しさを楽しんでおられる様子のお二人には、よいスポットかもしれない。

お二人が戻って来られたのは約一時間後。リフトでの往復に三十分かかるとして、三十分ぐらいは上で景色を楽しまれてきたのだろうか。充分に景色を堪能されてきたように思えるが、個人的には上でそんなに景色を観ていなくとも、リフトで往復する際に眺めるだけでいいような気がする。特に帰り。行きは山に向かって進んで行くので、基本的に正面の景色は斜面である。帰りはその反対で、正面の視界には一面の大パノラマが広がる。ただこれは帰りになって気がつくことが多そうなので、頂上にいる時にはただただ感動、ここから離れたくない、といった気持ちになるのだろう。ただし、山頂からは色んな方向の景色が楽しめるので、長くいるのもまた、いいものなのかもしれない。

「いかがでしたか？」

「素晴らしい眺めでしたよ」

「わたし、感動しちゃったな。いいところを教えて下さって、ありがとうございました」

この情報社会で、定番ともいえるスポットを紹介しただけなのに、こんなに感謝されると申し訳ないような気になる。

それはそれとして、もうお昼を過ぎている。この後は白樺湖に寄る予定だが、そこで食事となると、予約時に伺っている貸し切りの時間を、少しオーバーしてしまうかもしれない。

「お昼を少々過ぎていますが、お食事はどうされますか？」

「えっ、もうそんな時間ですか？　そうだな、まだそんなにお腹も空いていないし、諏訪大社に着いてからでいいかな？」

「わたしは大丈夫よ」

「じゃあ上条さん、諏訪大社の近くで食べるので大丈夫です。でも、もうお昼か。約束の時間に間に合うかな？　いや実は諏訪大社の近くに古い友人が住んでいましてね、諏訪大社で待ち合わせをしているんですよ」

「約束の時間は何時ですか？」

「十四時半です」

もう十三時。ここから諏訪大社の上社本宮までは、スムーズに行けば四十分ぐらい。貸し切りの予定は十四時までだが、もしオーバーした場合は追加料金を頂くことになっているし、本当はいけないことなのだけれど、少しぐらいなら会社に内緒で料金をサービスして差し上げてもいい。今からまっすぐ諏訪大社に向かえば、待ち合わせの時間には充分に間に合うし、昼食の時間もなんとか取れそうだけれども、白樺湖を見物するとなると、どうだろうか。

「今から諏訪大社へ向かえば、十四時までには着くと思いますが、白樺湖ではゆっくりできないかもしれません」

「そうですか。美術館と車山高原でゆっくりしすぎたかな。白樺湖、どうする？」

「どうせ景色を眺めるだけだから、さっきリフトから見られただけでも充分かな。湖って大体高いところから眺める方が美しいし。でも、写真を撮るのを忘れちゃった。せっかくこんなに素敵なところに来られたのに、ちょっと残念」

写真を撮り忘れてしまったのか。それは何とかして差し上げたいな。

「そうですか。では、写真を撮るのにちょうどいい駐車場に寄りましょうか？　この先に小さいけれど、白樺湖がよく見える駐車場があるんですよ。白樺湖をバックにお二人揃って、という写真も撮れると思います」

「それはいいね。寄ってもらおうか？」

「うん」

車山高原展望リフトの前にある駐車場から、車ですぐ。本当にすぐ。わずか一～二分。大きなカーブを一つ抜けた先にその駐車場はある。意識をしていないと通り過ぎてしまうような、あまり大きくない駐車場だが、白樺湖を背景に写真を撮るならここが一番だと、私は思っている。

駐車場の奥の方が空いていたので、そこに車を頭から突っ込んだ。

「そちらの柵の前に並んでください。私がシャッターを押しますので」

柵の向こうは急な斜面になっていて、その下に白樺湖が見える。角度によっては、白樺湖とお二人がうまく入った写真が撮れそうだ。

「じゃあ、これでお願いします」

奥さまから受け取ったスマートフォンを、両腕を目一杯伸ばして、高い位置で構える。

「まずは、試しに一枚撮ります」

手首で角度を調節して、「こんなところかな？」といったところでシャッターを押す。フレーミングを確認して、手首で角度を再調整。「もう一枚」と声をかけてパシャ。確認する。うん、いい感じ。

角度を変えて、さらに何枚か撮り、奥さまに確認していただく。笑顔。私の撮った写真に満足してくださったようだ。

それからはお二人でそれぞれ、景色をパシャパシャ。車に乗って、坂を下って行く。久しぶりに現れた信号のある交差点を右へ、国道１５２号へ入ると、すぐに白樺湖畔だ。

「こちらでも写真を撮られますか？」

「そうね。白樺の木の前でというのも、いいかも」

「承知しました」

公衆トイレの前にある駐車場に車を入れた。車を入れたのは公衆トイレの前だが、道の反対側は白樺湖だ。白樺湖側には歩道があるし、柵の向こうには白樺の木も生えている。ここも写真を撮るには、いいスポットだと思う。

「白樺の幹って、やっぱり綺麗ね」

「そうだね。北海道に行った時のことを思い出すなあ」

お二人はそんなことを話しながら、景色をスマートフォンでパシャパシャ。程よいところで奥さまのスマートフォンを預かって、私が二人をパシャパシャ。

さあ、出発だ。

国道１５２号を下って行くと、茅野の町へとそのまま入って行ける。茅野の町を抜ければ、諏訪大社の上社本宮は、もうすぐそこだ。

「ありがとうございました。おかげさまでいい思い出が出来ましたよ」

トランクからボストンバッグを取り出し、お二人にお返ししたところで、ご主人さまにそう礼を言われ、握手を求められた。「ありがとう」と言われることはよくあるけれども、握手まで求められることは珍しい。

「いえ、こちらこそ、素敵なお客さまとご一緒出来て、幸せでした」

握手に応じながらそう返したが、お二人を見送った後で、「ちょっと大げさに言い過ぎたかな」と思った。ちょっとわざとらしかったかな？　こちらこそ、ありがとうございました、というぐらいにしておいた方がよかったのかな、なんて。

さて、さっさと松本に帰るか。うちの会社は諏訪にも茅野にも営業所を持っていないから、こんなところにいても配車はかからない。

諏訪湖の西側を通って岡谷インターの手前から、国道20号に入ろうか。そこからそのまままっすぐ進んで、国道19号に入りたいところだが、松本市に入るあたりから、いつも混んでいるからな。塩尻インターの手前で右に入って、山沿いの市道を行くか。

諏訪大社の上社本宮から松本駅の辺りまでは、スムーズに行っても一時間ほどかかる。諏訪インターから高速道路に乗って松本インターまで行けば、もっと早いけれども、お客さんを乗せていないときの高速料金は、会社から出ない。自腹で料金を負担するか、時間をかけて戻るか、ということになるけれど、この時間はあまりお客さまも多くない。ドライブ気分でのんびり戻るほうがいい。松本に戻ったら、駅にでも入ろうか。待ち時間は長くなるけれども、今日は朝からずっとお客さまを乗せていたのだ。休憩をかねて列に並んでいればいい。

松本駅までゆっくりと戻り、客待ちの列に並んだところで気がついた。そうだ、昼飯をまだ、食べていない。

お腹は空いているが、今列を離れて食事に行けば、また並び直さなくてはならなくなる。食事をするにしても、昼食には遅く、夕食には早い、中途半端な時間だ。順番が回ってきて、次のお客さまをご案内してからにしよう。

お客さまの少ない時間。並んでいるタクシーはさほど多くはないものの、列はゆっくりとしか進まない。空きっ腹を抱えて、どれだけ待っただろうか。ようやく私の順番が回ってきた。

「ご乗車ありがとうございます。中信観光タクシーの上条と申します。どちらまで参りましょうか？」

「テンホウまでお願いします」

「テンホウといいますと、ラーメン屋さんのテンホウさんですか？」

「そうです」

「こちらからですと、渚店が一番近いと思いますが、渚店へお着けすればよろしいですか？」

「いや、松本追分店へお願いします」

「承知しました」

テンホウと聞いただけで、お腹が空いてきた。テンホウとは、長野県内に三十三店舗を構える、ラーメンのチェーン店である。特徴と言えるのかはわからないが、テンホウのラーメンにはいい意味で、あまり尖ったところがない。昨今はラーメンのエクストリーム化が進んでいるというのか、個性の強いラーメンが流行しているように思うが、テンホウはそういった流れとは違う、独自の道を歩んでいるように思える。言うなれば、毎日食べても飽きない味、おじいちゃん、おばあちゃんから、小さなお子さんまで、誰からも愛される味、だろうか。クセになる味というよりは、誰の心にも、誰の身体にもなじみやすい味、なのである。ほとんどの人が「テンホウ」と呼んでいるが、メニューやどんぶりに印刷されているロゴでは、「みんなのテンホウ」となっているので、それが正式名称なのかもしれない。仮に正式名称でなかったとしても、味や店内の雰囲気、家族連れの客も多いことなどからも、やはり会社として、「みんなのテンホウ」というイメージを大切にしているのだろう。

「ああ、お腹空いちゃったなあ」

後部座席からそんな声が聞こえてきた。お客さまはスーツ姿の、サラリーマン風の男性。スケジュールが詰まっていて、お昼を食べ損ねたのだろうか。テンホウは全店がそうかはわからないが、この辺りのお店は昼から夜まで、通しで営業している。私も仕事がらお昼を食べ損ねることが度々あるが、そういう時にもテンホウはありがたい。

「お昼を食べ損ねてしまったんですか?」

「というよりは、あえて食べなかったという感じですね」

「そうですか。今日はどうしても、テンホウで食べたかったんですね」

「今日は、ではなく、ずっとですよ。ずっとテンホウで食べたかったんです。実は僕、信州大学の出身でして。今日は岡谷に商談に来たんです」

「なるほど。テンホウは岡谷にも店舗がありますけれど、あえてそこには寄らずに……」

「そういうことです。学生時代には、相当通い詰めましたから。僕にとっては青春の味、ですかね」

県内三十三店舗の中で、信州大学のキャンパスから一番近いのが、今向かっている松本追分店だ。テンホウは価格設定が比較的良心的だし、定食系のメニューには野菜炒めがついているので、栄養の偏りがちな一人暮らしの下宿生でも、手軽に野菜が摂りやすい。もちろん、充分であるとは言えないのだろうが、ラーメンと餃子だけ、ラーメンとチャーハンだけ、という組み合わせよりは随分いいはずだ。また、野菜が多く入っている、タンメン、チャーメン、テンホウメンといったメニューもある。ラーメンの味も、味噌ラーメン、しょうゆラーメン、ごまだれを使ったタンタンメン、台湾ラーメンと種類が多く、頻繁に通っても飽きにくい。ああやっぱり、「みんなのテンホウ」ですな。

「私もテンホウで食べていこうかな。実は私も今日は、お昼を食べ損ねちゃって」

「いいじゃないですか。ああ、そうだ、それなら食事が終わったら、また松本駅まで乗せてもらえます？　この後、名古屋まで帰るんですよ」

「そうなんですか。これから名古屋まで帰られるのに、わざわざ岡谷から松本まで来られて、さらにタクシーに乗って、松本追分店まで。テンホウを愛していらっしゃるんですねえ」

この情熱。いつでもテンホウを利用できる私には、想像がつかない。

お店では、それぞれが一人客としてカウンター席に座るものだと思っていたのだが、「せっかくのご縁ですから」とお客さまに提案され、二人でテーブル席に座ることになった。私にはなんのご縁かはよくわからなかったけれども、悪い気はしなかった。

「何を召し上がられます？」

「迷うなあ。でも肉揚げは外せませんね」

私の質問にお客さまは、首をかしげながらそう答えてくれた。

肉揚げとは、独自のたれに漬け込んだ豚のロース肉を揚げたもの。テンホウの、名物料理の一つである。肉揚げラーメン、肉揚げタンタンメン、といったように、好みのラーメンに載せてもらうことも出来るが、肉揚げのついた定食メニューもあるし、単品で注文することも出来る。ラーメンの具として、スープに浸して食べるのもおいしいが、定食のおかずとしてや単品で注文して、サクサク感を楽しむのもいい。

「運転手さんはどうされるんですか？」

「そうですね、今日は肉揚げタンタンメンと行きましょうか」

「さすが地元の方。スパッと決まりますね。僕なんて、今じゃなかなか来られないから、あれもこれも食べたくて、迷ってしまいますよ。肉揚げラーメンも食べたいし、チャーシューも食べたいし」

「では、デラックスはどうです？」

「ああ、その手があったか。でも、今度はしょうゆにするか、味噌にするか、タンタンメンにするか。ええい、今日はオーソドックスな、デラックスラーメンにしよう」

私が注文した肉揚げタンタンメンは、タンタンメンに肉揚げが載っているというものだが、お客さまの注文したデラックスラーメンは、しょうゆ味のラーメンに、肉揚げ、チャーシュー、味付けたまご、メンマ、ネギ、わかめ、コーンが載った、まさにデラックスなラーメン。このデラックスラーメンのシリーズは、味噌ラーメンのバージョンも、タンタンメンのバージョンもあり、味噌ラーメンにはバターが、タンタンメンにはヒキニクが、といった具合に、それぞれ載っているものが少し違う。ただどれにも、肉揚げとチャーシューは載っている。

よほどお腹が空いていたのか、それとも大食漢であられるのか、お客さまはデラックスラーメンの他にも、「定食」を注文された。この「定食」というのも、テンホウの看板メニューで、ぎょうざ、野菜炒め、半熟卵、ライス、スープがセットになったメニューである。テンホウには他にも、ぎょうざ定食とか、ミニラーメン定食といったメニューもあるが、お客さまが注文したのは、「定食」という名の定食なのである。

料理が運ばれてくるとお客さまは、まさにガツガツと食べ始めた。その様は、お腹を空かせた大学生そのもの。青春の味、とさっき言っておられたが、今お客さまはきっと、大学生に戻ったような気持ちになられているのだろう。

私も肉揚げタンタンメンを食べ進めるが、やはりお客さまのようにガツガツは行かれない。うまいな、うまいな、と心で呟きながら、ゆっくりと箸を進める。

デラックスラーメンと定食を七割ほど食べ進めたお客さまが、「ふう」と大きな息を吐いた。きっとお腹がもう、一杯なのだろう。目つきが随分と険しくなっている。そのうちに、お腹の辺りをさすり始めた。それでもお客さまは、箸を止めない。必死に料理に食らいついて行く。なにが彼の心を、そんなに激しく駆り立てるのだろう。単に食い意地の問題ではないような気がする。もしかしたらこれが、テンホウの魅力なのかもしれない。

テンホウはやさしい。テンホウは温かい。テンホウはいつでも私の傍にある。みんなのテンホウ、私たちのテンホウ。

今私は、彼の心のうちを完全に理解することは出来ないが、もしテンホウと離れなければならなくなったら、私も彼のように、ガツガツとテンホウの味を、やさしさを、ぬくもりを身体に取り込もうとするのかもしれない。

すべてを食べ終えた彼の顔は、穏やかだった。さっきまで、あんなに苦しそうだったのに。

「そうだ、ソフトクリーム、食べませんか？」

「すっかり忘れていました。いただきましょう」

私の提案に、彼は嬉しそうにそう答えた。甘いものは別腹、というが、彼のお腹は大丈夫だろうか。別腹の部分にまで、ラーメンやぎょうざや肉揚げやチャーシューが、びっしり詰まっていないだろうか。

軽率な提案をしてしまったことを、私は少し後悔したが、彼の顔には喜びがあふれている。だから、これでいいのかもしれない。

たまのことだもの。彼は私のように、いつでもテンホウに来られないのだもの。彼はテンホウから、離れなければならなかったのだもの。

# 町を記録する人

【舞鶴】

深夜までタクシーを運転して、明け方に眠る。昼過ぎに起き出して飯を食い、テレビでも眺めながら思う存分ゴロゴロし、夕方になったら銭湯へ向かう。そんな生活を私は気に入っている。

古ぼけた銭湯。いや、古ぼけているどころのさわぎではないか。なにしろこの建物、築百年を超えているらしい。昔ながらの銭湯であることは間違いないのだが、それにしても昔過ぎないか？

建物は、疑洋風建築というのだろうか。文明開化とか、大正ロマンとか、そういったものを感じさせるような、洒落た外観をしている。しかし中は、わりとオーソドックスな感じの銭湯である。

暖簾をくぐり、ドアを開けて、番台で料金を払う。下駄箱に履物を入れて、脱衣所へ。いや待てよ、これはロッカーなのか？　間違いなくロッカーの役割をするものなのだけれども、木製だし、茶色い塗料だかニスだかが塗られていて、ロッカーなんて横文字が似合わない感じ。タンスか？　これは。いや、タンスではない。やはりこれはロッカーなのだ。まあいい。とにかくそのロッカーらしきものの前で裸になり、奥へ進む。

すりガラスをはめ込んだ引き戸の向こうが、浴室。奥の壁にはもちろん、富士山の絵がある。まずは身体を洗って、湯船につかる。ああ、いい気分だなあ、なんて心の中で呟きながら、お湯を堪能していると、また、あの人がいることに気づいた。

あの人は、頭を洗っている。ここは公衆浴場だ。いつ誰が頭を洗っていようが、まったく問題はないのだが、やはりなにか、妙な感じがするのである。

この銭湯は、建物も古く、雰囲気も良いので、銭湯好きな人が遠くからやってくることもある。もちろん、観光のついでに立ち寄る人もいる。しかしそういう人は、大体一度しか顔を見ないものだ。もし、二度見ることがあっても、顔を覚えていないかもしれないし、覚えていたとしても、数か月後とか、半年後とか、一年後とか、個人差はあれど、リピーターとしてやってくるのにちょうどよさそうなタイミングになるはずだ。だが、あの人はこの間も見た。この間というのは、前回の明番の時。つまり、二日前。たしか、その前も見たな。四日前だ。四日間もこの町に滞在する観光客というのも少ないだろうし、やはりなにか妙だ。当然だが、ここに長く通っている常連さんでもない。だって、初めて見たのが多分、その四日前なのだから。

頭を洗い終わるとその人は、私の入っている湯船に入ってきた。湯船に入る時にはぺこりと頭を下げてくれたし、大事な部分を押さえていたタオルは、ヘリを跨いだと同時にすっと頭に乗せて、湯船に浸けるようなことはしなかったし、表情も穏やか。おそらくではあるが、悪い人ではなさそうだ。思い切って声をかけてみようか。別にこの人がどんな人でも、私には何の影響もなさそうだが、違和感が興味に変わりつつある。失礼になるだろうか。銭湯でたまたま居合わせた人と会話をするなんてことは、当たり前のことだし、会話の内容次第だろう。

「どうも。ここのところお顔をお見かけするようになりましたが、最近この辺に引っ越して来られたんですか？」

「ええ、まあ、引っ越してきたと言いますか、仕事でしばらくこちらにいることになりまして」

「ほう。どのくらい？」

「二か月くらいの予定です。もしかしたら、少し延びるかもしれないですけど」

「そうですか。私、瀬野といいます。常連さんなら大体顔を知っていますんで、ああ、新しい顔だなって。失礼しました」

「いいえ。あの、僕、三枝っていいます。短い間ですが、ここにはこれからも通うつもりなので、どうぞよろしくお願いします」

やはり、悪い人ではなさそうだ。しかし、仕事でしばらくここにいる、と言うけれども、どんな仕事をしているのだろう。色白でやせ型、やさしそうな顔つき。建設や土木関係でもなさそうだし、港で働く感じでもない。もしかして、お医者さんかな。それとも、ホテルの従業員かな。病院にしろ、ホテルにしろ、人手不足などの理由で、しばらく応援に来るなんてこともありそうだ。研修とか、新部門の立ち上げ、なんてこともあるだろう。さて、どうなんだろうな。気になるけど、あまり詮索するのも失礼か。

「そうですか。こちらこそ、よろしくお願いします。私はね、タクシーの運転手をしていましてね、勤務明けの日には、必ずここに来るんですよ。家にも風呂はありますけど、やっぱりこういう風呂のほうが気持ちいいですし、疲れも取れるような気がしましてね」

「へえ、タクシードライバーをされているんですか。ちなみに瀬野さんは、こちらの出身ですか？」

「はい。生まれも育ちも、ここ舞鶴ですよ。高校を出てからは大阪で働いていたんですけど、まあ、色々ありまして。十年ぐらい前にこちらへ戻ってくることになって、それからはずっと、タクシーに乗っています」

「なるほど、タクシードライバーとしても、結構長いんですね。そうだ、瀬野さん、もしよかったら、僕に協力してくれませんか？」

三枝さんはそう言うと、私の顔をまっすぐ見つめた。

「協力って、どんな？」

「実は僕、舞鶴の写真集を作るために、この町に来ているんです。写真集といっても、今の舞鶴の写真を撮影するのではなくて、昔の写真を集めて、編集して、という感じなんですけど」

「昔の写真？　それはどうやって集めるんですか？」

「たとえば、役所や歴史のある学校、あとは資料館、図書館、企業なんかにお願いして、保管している写真を見せていただいたり、そこで人を紹介してもらって、その方のお宅へ伺ったり。そうやって見せていただいた写真を、デジタルカメラで複写するんですよ」

「なるほど、面白そうな仕事ですな。この町の記録にもなるし、いずれ貴重な資料にもなりそうですね」

「はい。そう思って僕は、この仕事をしています。しかし、なかなか写真を見せていただくのが難しいんですよ。公的な機関や企業であれば、ちゃんと説明すれば協力してくれることも多いんですが、個人のお宅に突然知らない男がやってきて、写真を見せろと言っても、やはり警戒されますもんね」

「そうでしょうね。ああ、そういうことですか。つまり私に、誰か写真を見せてくれる人を紹介しろと？」

「簡単に言うと、そういうことかもしれません。たとえばですけど、瀬野さんのタクシーを一日貸し切りにしていただいて、ご親戚でも、ご友人でも、誰でも構わないのですが、写真を見せてくださる方を紹介していただきながら、この舞鶴を回るなんてことが出来たら、いい写真が集まるのではないかと思いまして」

意外な申し出ではあるが、悪い話ではない。この町の古い写真は、私自身も見てみたいし、それが写真集としてまとめられたなら、ぜひ手にしてみたい。タクシーを一日貸し切ってもらえれば、売り上げの面でもありがたい。ただ、私が親戚や知り合いに写真を見せてくれと頼んだところで、相手が必ずＯＫしてくれるという保証はないし、「あんた、騙されてるんじゃないの？」なんてことだって、もしかしたら言われるかもしれない。悪い人ではなさそうだが、この三枝さんとだって、今知り合ったばかりだ。でも、今私が考えているようなことが、写真を集める上での障害になっているようにも思える。また、役所や学校や、資料館や図書館や企業で保管している写真と、個人宅に残っている写真では、内容的にも違いがあるだろう。個人のお宅に残っていそうな、家族の節目に撮った記念写真とか、日常のスナップなども、時代や町を知る重要な資料になり得るはずだ。定番の観光コースとは違い、お願いをする相手の選定から交渉、効率よく回るためのコース設定まで、すべて一からしなくてはならず、手間はかかりそうだけれども、ここは一肌脱ぐべきだろうか。というか、ここ、銭湯だしな。一肌脱ぐどころか、二人とも全裸だ。お互いに丸腰。裸の付き合いってやつ。これもご縁だろう。引き受けるか。

「わかりました。引き受けましょう」

胸をドンと叩くと、三枝さんは「ありがとうございます」と言って、嬉しそうに微笑んでくれた。

人に喜んでもらえるのは嬉しいが、少し安請け合いをしたかな、という気もした。しかし、一度引き受けたことだ。お役に立てるよう、頑張るしかない。

　私のシフトと三枝さんの予定をすり合わせ、約束の日付を決めて家に戻ると、早速協力をしてくれそうな相手をリストアップして、電話での交渉を始めた。予想通り警戒されることもあったが、それでも説明を一応聞いてくれたのは、私が知らない相手ではないからだろう。他人から信頼されるような立派な人間ではないけれど、相手は私が怪しい人間でないことを知っている。

　そうして何件か訪問する場所を確保して、約束の日、朝の九時に三枝さんを迎えに行った。三枝さんが寝泊まりしているのは、敷金礼金が無料であることで広く知られている、大きな会社が管理しているアパート。家具や家電が揃っていて、カバン一つで引っ越しが出来るというこの会社のテレビCMをたしか、見たことがある。出張が長くなる場合、ビジネスホテルに滞在するよりこちらの方がきっと安上がりなのだろう。ただ、今日一日タクシーを貸し切ってもらうことで、その差額が埋まってしまいはしないだろうか。

　そう考えると責任は重大だ。

「おはようございます。今日はよろしくお願いします」

「はは、どうも、おはようございます。本日はご利用ありがとうございます。なんとかお役に立てるといいんですが」

　三枝さんのさわやかな挨拶に、へらへらしながら答える。「バッチリお任せください」と胸をポンと叩けないのがつらい。自信の無さが挨拶に出てしまっている。もちろん私なりに準備はしてきた。しかしそれが、三枝さんの要望に応えられるものかはわからない。喜んでもらえるといいのだが。

「じゃあまずは、私の祖母の家へご案内します。昨日電話はしてありますので、古い写真を用意してくれていると思います」

「すみません、予め連絡までしておいてくださったんですね。感謝します」

感謝はまだ早いですよ、三枝さん。それは写真を見てからで。

三枝さんを後部座席にご案内して車を出し、東舞鶴へと向かう。私の実家は西舞鶴にあるが、今から向かうのは母の実家だ。西舞鶴と東舞鶴は同じ舞鶴市にありながら、町の雰囲気が大きく違う。西舞鶴は元々田辺藩の城下町で、東舞鶴は明治時代に海軍の軍港や鎮守府が置かれたことによって町の開発がなされ、その後発展してきた町。そもそも、町の成り立ち方からして違うのだ。また以前は、西舞鶴側が舞鶴市、東舞鶴側が東舞鶴市といったように、行政的にも分かれていた。戦時中の昭和十八年に合併し、東舞鶴側も舞鶴市となったが、戦後に市の再分離が提案され、その賛否を問う住民投票が行われたこともあったようだ。その際、住民の過半数が賛成の票を投じたが、京都府議会では提案が否決されたため、再分離はかなわず現在に至っている。

西舞鶴と東舞鶴をつなぐ国道27号を進んでいくと、やがて道路のすぐ左手に停泊している、自衛隊の船が見えてくる。もちろん道路のすぐ脇にではなく、柵の向こうの港の岸壁に係留されているのだが、船が大きいためか、道路のすぐ脇に停まっているように感じられるのだ。道路を挟んで港と反対側の山手には、海上自衛隊の舞鶴基地があるので、まるで海上自衛隊の基地の真ん中を走っているような気分になる。

さらに進むと、すぐに赤レンガ造りの倉庫群が見えてくる。こちらは現在、舞鶴赤れんがパークとして色々と整備がなされており、人気の観光スポットとなっている。私も時々、観光のお客さんをご案内することがあるが、今日は素通り。ここを過ぎれば、祖母の家はもうすぐそこだ。

私たちが到着すると、伯母が笑顔で出迎えてくれた。

「伯母さん、元気しとってか。こちら、電話で話した三枝さん」

「こんにちは、三枝です。瀬野さんからお聞きいただいていると思いますが、僕、舞鶴の写真集を作っていまして」

「はい、聞いていますよ。おばあちゃん、電話もらって、とても喜んでちゃった。さあ、上がってください」

伯母に促されて客間に入ると、祖母はすでに老眼鏡をかけ、アルバムを手にしていた。机の上には他にもアルバムが二冊積まれていた。

「おばあちゃん、もう準備万端だね」

「そうじゃ。でも、こんなんでよろしいんですか？　普通の家族のアルバムですよ？」

心配そうに祖母が、三枝さんの顔を見つめる。

「いいえ、それがいいんですよ。この町に暮らす家族の歴史も、やはりこの町の歴史なんですから。ぜひ、拝見させてください」

それを聞いて祖母は安心したように微笑んで、手にしていたアルバムを三枝さんに手渡した。

アルバムに見入る三枝さんの隣で、私も邪魔にならないよう若干の遠慮をしながら、写真を覗いた。

このアルバムを見るのは、私も初めてかもしれない。いくら身内だとはいえ、母の実家の古いアルバムなんて、なかなか見る機会はない。ああ、これは洗濯機が初めてここに来たときさの写真かな、ああ、これは伯父さんが生まれた時かな。この女の子はかあちゃんか？　あれ、この花嫁さんは？

「ねえ、おばあちゃん、この花嫁さん、おばあちゃんかな？　なかなか美人だね」

「違うで。それは春江じゃ」

「ああ、春江叔母さんか」

春江叔母さんは、母の妹だ。実の親子だけあって顔は似ているけれど、時系列やこのアルバムに貼ってある写真の内容から考えると、祖母であるはずがない。それにこれは、春江叔母さんがお嫁に行くときの写真だから、この家にお嫁に来た祖母とは立場が逆だ。

「わたしが嫁に来たときの写真なら、別のアルバムにあるはずじゃが」

「ほんなら、それ見せてや」

「見るん？　まあ、ええけど」

あまり写真を見せたくないような口ぶりだが、私には祖母が見せたがっているように感じられた。私も写真を見たことはないのだけれど、若い頃の祖母は近所でも評判の美人だったと聞いたことがある。祖母は美人であることを鼻にかけるようなタイプの人ではないが、少しは自慢したい気持ちもあるのではないだろうか。

こう考えてしまうのは、私の心が汚れているからだろうか？　いや、でもさっき伯母さんが、「おばあちゃん、電話もらって、とても喜んでちゃった」と言っていた。だからもしかして祖母は、昔の自分の写真を見せられると思い、喜んでいたのではないか、と思ってしまうのだ。これも、私の心が汚れているが故の、邪推だろうか。

「どのアルバムかな？」

「これじゃ」

祖母が指差したアルバムを手に取り、ページをめくってみると、すぐに結婚式の様子を写した写真が見つかった。場所は、建て直す前の、この家だろうか。縁側の前にある庭を、仲人さんらしき人に手を引かれて歩く、花嫁さんの姿が写っている。もちろん、花嫁さんのソロショットもある。

「いやあ、たしかに美人だな。話には聞いとったけど、想像以上だよ。どこのお姫さまかと思ったで」

「あほちん。やめてや」

そうは言うものの、祖母の顔はどこか嬉しそうだ。

「どうです？　この写真」

写真を指差しながら、三枝さんに声をかけてみる。三枝さんはアルバムを覗き込むと、「これはいい写真ですねえ」と、写真を褒めてくれた。褒められた祖母は、やはり嬉しそうだった。

三枝さんは祖母に、いつ、どこで、どんな状況で撮られたものであるのか、写っているのはどんな人なのか、といったような質問をしながら、写真集に収録できそうな写真に付箋を貼ってゆく。そうして三冊のアルバムをすべてチェックし、付箋を貼り終えると、持参した三脚を取り出して、手慣れた様子で撮影の準備を始めた。三脚を使って写真を撮る時は大体、三脚のてっぺんにカメラを取り付けるものだが、三枝さんは三本の脚の間にカメラが来るように設置している。さらにその状態から水平器を使って、カメラの角度を細かく調整し、床とカメラのレンズを平行にしようとしているようだ。床の上に写真を置いて複写する場合、床とレンズがきちんと平行になっていないと、撮影した画像に歪みが出てしまうのだろう。面倒だが大切な作業だ。

「なかなか大変な作業ですね。パソコンもお持ちですし、スキャナーで読み取れば、手っ取り早いんじゃないですか？」

素朴な疑問がつい口から出てしまった。失礼なことを言ってしまったかな、と思ったが、三枝さんはにこりと笑って、その理由を教えてくれた。

「たしかにそうですけど、スキャンするには写真をアルバムからはがしたり、スキャナーにセットしたりしなくてはなりませんからね。貴重な写真を傷めないためには、この方法が一番いいんですよ」

カメラの準備が整い、いよいよ撮影が始まる。床の上に置いたアルバムに、ＬＥＤのライトを当てて明るさを確保し、ピントを合わせて、リモコンのスイッチを押してシャッターを切る。写り具合をチェックしたら、アルバムを動かして同じページに貼られている別の写真を撮ったり、ページをめくってアルバムをまたセットし直したり。そんなことを繰り返して、必要な写真をすべて複写し終え、祖母に礼を言って、私たちは車に戻った。

次に向かったのは、高校時代の同級生の家。そこでもまた写真を見せてもらい、そのうちの何枚かを同じように複写させてもらって、東舞鶴を後にした。

「思っていた以上にいい写真が集まりました。ありがとうございます」

「お役に立てましたかね？」

「もちろんですよ。そういえば、そろそろお昼ですね。午後からは、西舞鶴の方を案内していただけるんですか？」

「はい、そのつもりですが」

「じゃあ、道すがらでもいいですし、西舞鶴についてからでもいいですので、どこかでお昼ご飯を食べましょうよ。どこか、おすすめのお店はありませんか？」

おすすめのお店か。西舞鶴は私の地元だし、地元の飲食店についてもよく知っているつもりだ。しかし問題は、三枝さんが何を食べたいかである。それにせっかく舞鶴に来ていただいているのだから、地元の名物のようなものも食べていただきたい。

「なにがいいですかね？　海軍カレーはもう召し上がりましたか？」

「はい。こちらに来てから、もう三回いただきました。カレー、大好きなんですよね」

そうか。好物なら何度食べても飽きはしないのだろうけれど、せっかく西舞鶴出身の私が案内するのだから、ここは違うものを食べていただきたいものだ。

「舞鶴おでんはどうですか？」

「あの銭湯の近くに美味しいお店がありますよね。お風呂上がりにビールと一緒にいただきましたけど、最高でした。練り物がとっても美味しかったな」

三枝さんは、もう一週間ぐらいこちらにいるはずだから、まあ、そうなるか。これは難しい問題だぞ。

「舞鶴の練り物は、材料に近海でとれた魚を使っていますからね。そこは自慢できます。あとは、舞鶴こんにゃく」

「ああ、こんにゃくも美味しかったです。それから大根も」

「佐波賀大根ですね。京の伝統野菜にも指定されている、地元の大根です。そうですか、海軍カレーも舞鶴おでんもすでに召し上がられているとなると、あとは地元の魚で勝負するしかないか……」

「ああ、別に地元の名物でなくても大丈夫ですよ。普段瀬野さんが仕事の途中で食べられているような、普段のランチで」

気を遣って下さっているのだろうけれど、せっかくなのだから三枝さんに喜んでいただきたい、という気持ちは捨て去れない。ただ、普段のランチというと、私の場合コストパフォーマンスで選ぶことが多い。だから「普段のランチ」というキーワードが出てきたことで、より問題が難しくなっているようにも思える。

とにかく、自分の手札で勝負するしかない。午後一番で向かおうとしているのは、妹の嫁ぎ先だ。場所は西舞鶴のもっと西、由良川のほとり。古くから続いている結構大きな農家で、いかにもいい写真が眠っていそうだが、そんな家のあるところだから、周囲は山と川と農地、といった様子で、飲食店は少ない。だから、西舞鶴の市街地で食事を済ませておいた方がいいかもしれない。途中に「とれとれセンター海鮮市場」という、観光客向けの施設があり、そこで食事もできるけれど、観光客ならまだしも、三枝さんをそこに案内するのはなにか違うように思う。それに、普段のランチでもない。ああ、あの先にラーメン屋さんがあったな。あそこでいいか。いや、もうひとひねりしたいところだ。

ああ、そうだ、あそこ。あそこなら、どうだろう。

三枝さんはこの町の、古い写真を集めている。集めている写真の多くは、昭和のもの。ならば、昭和の香りを色濃く感じられる場所で食事をする、というのはどうだろう。

「そうですか。では、私が時々利用しているお店にご案内しましょう」

国道１７５号を西へ。由良川にかかる大川橋を渡って突き当たりを右。しばらく川沿いを北上すると、右手に「ドライブイン　ダルマ」と書かれた看板が見えてくる。ウインカーを出して、駐車場に車を入れた。

「うわあ、シブいお店ですね」

後部座席から声が聞こえた。その声には驚きと、喜びが含まれているように、私には感じられる。正解だよな、おそらく。

「なかなかいい雰囲気でしょ？　そちらにレストランコーナーもあるんですけど、私のおすすめはこちらの、自販機コーナーです。うどん、ラーメン、ハンバーガーなど、色々揃っているんですよ」

「そうですか。なんか、懐かしいな」

私の作戦は、見事に成功したようだ。

自販機コーナーの入り口を入ると、正面の壁沿いに様々な自動販売機が並んでいて、その前に簡素なテーブルと椅子が置かれおり、反対側の壁や自販機前のテーブルや椅子の置かれていないスペースにはゲーム機が並べられている。一番奥の自動販売機のさらに奥にあるスペースにも、たくさんのゲーム機が置かれていて、自販機コーナーの奥がゲームコーナーという感じか。しかし、そうなると自動販売機の前や、向かい側の壁にあるゲーム機はどういう扱いになるのだろう？自販機コーナーの中にあるゲーム機？　ゲームコーナーの中にある自動販売機？　まあ、そんなことはどうでもいいか。とにかく私の感覚では、手前が自販機コーナー、奥がゲームコーナーである。

麺類の自動販売機は三台あり、奥から天ぷらうどん、きつねうどん、ラーメンの順に並んでいる。この三台はお金を入れると、プラスチック製のどんぶりに入ったうどんやラーメンが、取り出し口からヌルっと出てくるタイプ。詳しい仕組みはわからないが、なにやら自動販売機の中では、麺や具の入ったどんぶりに熱湯を注いで温め、それから湯切りをして、汁を注いで、みたいなことが行われているらしい。すごい機械だと思うが、メンテナンスが大変なのだろうか、それともコスト的に合わないのだろうか、時代と共にこういったタイプの自動販売機は減っているらしい。ここの機械も結構古そうだ。いつまで活躍してくれるのだろうか。もし故障したら、修理するための部品はあるのだろうか。余計な心配かもしれないが、そんなことをつい考えてしまう。

ああ、そんなことより、昼飯だ。

「どれになさいます？　私は大体いつも天ぷらうどんですが」

「へえ、天ぷらうどんですか。ちなみにラーメンはどうなんですか？　おいしいんですか？」

どう答えればよいのだろう。私は好きだけれども、美味しいとか、美味しくないとかいう問題ではないように思う。私は美味しいと思うけれども、ラーメン専門店のそれとは美味しさの種類が違う。こういうものは、好きか嫌いか、もしくは、楽しいか楽しくないか、が大切なのではないのだろうか。味覚だけでは感じ取れない味わい、自分に備わっているすべての感覚を研ぎ澄ませて感じるもの、とでも言おうか。そんな楽しみ方をするのが、この場合よいように思う。

「私は、好きですがね」

とりあえずの、無難な回答。しかし、三枝さんにはきっとわかってもらえるだろう。

「そうですか。うどんも食べてみたいですけど、僕はラーメンにします」

ラーメンも天ぷらうどんもきつねうどんも、値段は三百円。ラーメンとうどんについては単純に価格の比較はできないけれど、大体のうどん屋さんでは、きつねうどんより、天ぷらうどんのほうが高い。したがって三百円に統一されているこの価格を見ると、一見天ぷらうどんのほうがお買い得であるように思える。だが、そう単純でないのが世の中というものだ。もちろん、大きなエビ天が入っているのならその通りなのだが、ここの天ぷらうどんは、小エビのかき揚げというか、芝エビのような小さなエビがはいっているものの、かき揚げというよりは、細かい揚げ玉と小エビが麺の上にちりばめられている、といった感じなのである。ただし、ここは声を大にして言いたい。天ぷらうどんにおける天ぷらの役割は、天ぷらそのものを味わうだけでなく、汁に油分を与えておいしくすることでもあると私は考えるのだ。つまりここの天ぷらうどんは、小エビがちりばめられているとはいえ、関東で言うところのたぬきうどん、関西で言うところのハイカラうどんに近いものなのだ。

だからここでうどんを食べる場合、関東の人ならばきつねかたぬきか、関西の人ならばきつねかハイカラか、という気持ちで選ぶとよいのではないだろうか。ちなみにこのうどんに入っている、揚げ玉のようなものは、非常に細かく、汁との馴染みがすこぶる良い。しかも小エビ入りだ。美味しくないわけがない。

お金を入れ、機械が動き出すと、わずか二十七秒でうどん、もしくはラーメンが出てくる。

「三枝さん、商品取り出し口にご注目ください。ヌルっと出てくる感じがとっても美しいんですよ」

「なるほど」

私は天ぷらうどんの販売機の取り出し口に、三枝さんはラーメンの取り出し口に注目する。二十七秒間が、とても長く感じられる。

商品が出てくる瞬間、私が思わず「おお」と声を漏らすと、少し遅れて隣からも「おお」という声が聞こえた。

「ははは、本当に、ヌルっと出てくるんですね」

「ええ。芸術点、高いでしょう？」

「高いです、高いです」

どんぶりを持ってテーブル席に移動する。私の天ぷらうどんの汁は薄口しょうゆで仕上げられており透き通っているが、三枝さんのラーメンの汁は、濃い口しょうゆで黒っぽく、オーソドックスなしょうゆラーメンといった感じだ。ちなみにラーメンには、チャーシューとネギ、もやしなどが入っている。

テーブルの上にある唐辛子をうどんに少々ふって、割りばしを割る。この時代に、このうどんが食べられることに、感謝しなくては。このうどんを仕込んでくださる方、ありがとう。あの自動販売機のメンテナンスをしてくださっている方、ありがとう。謹んで、いただきます。

「このおいしさは、あの機械でなければ出ませんね」

ラーメンをすすって、三枝さんがぽつり。

「そうですね。不思議なんですよね。機械から出てきたものを食べているのに、なんだか人の温もりを感じるんですよ」

三枝さんが黙って頷いた。私たちはそれからどんぶりの中身が空になるまで、一切の言葉を交わさなかった。

食事を終えると私たちは、妹の嫁ぎ先へ向かった。お舅さんはすでに亡くなっており、お姑さんは認知症を患い、今は老人介護施設で生活している。義弟は仕事に出ており、子どもたちは学校へ行っている。妹は古いアルバムをちゃんと用意してくれていたし、三枝さんもよい写真をたくさん見られたと喜んでくれた。しかし私にはなんだか、大切なものが足りていないように感じられた。

その後、幼なじみの家と、いとこの家と、私の実家に寄って、夕方三枝さんをアパートまで送った。その間もずっと、妹の嫁ぎ先で感じた物足らなさについて考えていた。しかしその正体は、深夜までの勤務が終了してもわからなかった。

翌日、昼過ぎに起きて飯を食っている時、私はふとひらめいた。この後ゴロゴロしながらしばらくテレビを見たら、今日はあっちの銭湯へ行ってみようと。

あっちの銭湯とは、西舞鶴の市街地をまっすぐ北に行ったところにある、吉原入江の近くの銭湯だ。あっちの銭湯の建物も随分古い。ただ、自宅に近い、三枝さんと出会ったあの銭湯とは、趣が違う。いつもの銭湯は商店街の中にあり、古いとはいえ洋風の瀟洒な建物だが、あっちの銭湯は木造の古い住宅が立ち並ぶ通りに溶け込むようにして建っている。初めて行く人ならば、暖簾が出ていなければ、そこが銭湯だとは気がつかないかもしれない。それほど自然に町と調和しているのだ。

いつもより少し早く家を出て、いつもの銭湯へ向かった。銭湯の前でしばらく待っていると、やがて三枝さんがやってきた。

「ああ、昨日はどうも」

「こんにちは。瀬野さんも今からですか?」

「はい。しかし今日は、あっちの銭湯へ行ってみようと思うんですよ。一緒にいかがです?」

「あっちの銭湯ですか? 近くにもう一軒あるんですか?」

「近くというか、ここから歩いて十分、いや、十五分ぐらいですかね。ちょっと歩きますけど、そちらもなかなかでして。行ったことあります?」

「いいえ、知りませんでした。ぜひ、行ってみたいな」

二人連れだって、北に向かって歩いてゆく。伊佐津川を渡ったあたりで、三枝さんが「う〜ん」と唸り声を漏らした。

「どうかされましたか?」

「いや、いい風景だなと思いまして。海と生活が近い、と言うんでしょうか、そんな感じがします」

「そうでしょう。でも、もう少し進むと、もっと近い感じがしますよ」

橋の先の路地をまっすぐ入って行くと、すぐに小さな橋が見えてくる。その上でやはり三枝さんは立ち止まった。

「本当ですね。水のすぐ近くに家が建っている。これは川ですか? 海ですか?」

「吉原入江という名がついているし、あそこが一番奥なんですが、どこにもつながっていないので、やはり入江なんでしょうね」

「よく見ると、そうですね。そうか、ここは海なんだ」

三枝さんはやや、興奮気味だ。

橋を渡ったら、次の角を左へ。三枝さんは、そこでもまた立ち止まった。

「ここを歩いているなんて、不思議な気分ですね」

「なんなら、ここの写真を撮って、写真集に昔の写真として載せても、わからないんじゃないですか」

「ははは。さすがにそれはマズいですよ。でも、昔の写真を見せてもらっても、あまり違いがなかったりして。いいところに連れてきてくださって、ありがとうございます。僕はこの町を今、実際に見ているんですよね。僕は今、昔の町の姿を記録する写真集を作っていますけど、今僕がここで写真を撮ったら、それは現代の写真なんですよね」

その言葉を聞いて私は、昨日感じた物足りなさの正体がわかったような気がした。祖母はまだ、元気だ。そして、かつて祖母は、あの写真たちの中を生きていた。もしかしたらあのアルバムたちの中には、祖母がシャッターを押した写真も、混じっているのかもしれない。そうか、私はあの時、昔を生きた人と話をしながら写真を見ていたのだ。

私は、今を生きている。今はいつか、昔になる。私はその時、誰と話をするのだろう。また私は今、誰と話をしているのだろう。昔の人か、今の人か。昔の人であり、今の人でもある人か。この景色もいつか、昔になる。ということは、私たちは今を生きていると同時に、昔の目撃者でもあるのだ。

それからしばらく二人で、町を眺めていた。念のため、スマートフォンで写真も何枚か撮っておいた。あくまでも念のため。未来にまた、三枝さんのような人がこの舞鶴に来るかもしれないから。

# やっぱりここは、いいところ

【福井】

里美は今日こそ、かねてからの夢を夫に打ち明けようと思っていた。

里美は現在、夫の生家で義両親と同居しながら、パートで事務員をしている。夫は地元の企業に勤める、真面目な会社員。子どもが二人いて、娘はもう高校二年生、息子は春に中学生になった。義父は、長年勤めた職場を三年前に定年退職しており、知り合いの会社で週三日程度、アルバイトのような形で働いている。義母は先月十五年ほど勤めた食品加工会社を定年退職し、今は自宅の庭の手入れをしたり、家庭菜園で野菜を作ったりする毎日。これまで家庭では、里美が家事や子育てにおいて中心的な役割を担ってきたが、子どもが大きくなり、子育てにあまり手がからなくなったことで時間的な余裕が生まれた上に、義母が定年退職をし、家事の負担をある程度引き受けてくれるようになった。里美はこれをチャンスだと感じ、今こそ夢を叶えよう、と決心したのである。

残業を終えて帰宅した夫の食事の支度を整え、夫の向かいの席に腰を下ろして、里美は二人分のお茶を淹れた。夫は無言で遅い夕食を口に運んでいる。勇気を振り絞って、というほどではないが、ずっと胸の中で温めていたこと。一度深呼吸をしてから、里美は夫に声をかけた。

「ねえ、そろそろ私、正社員で働こうと思うんだけど」

「ああ、かあさんも退職して家にいるし、いいタイミングかもな。どこかあてでもあるんけ？」

「あてっていうか、ずっとやりたかった仕事があるんやざ」

「やりたかった仕事って、なに？」

「タクシードライバー」

夫は少し驚いたようだったが、すぐに納得したように何度か頷いて、箸を置いた。

「ほうか。里美は昔から、運転が好きやったもんな。でも、大変な仕事やろう?」

「大変なのはわかってる。でも、やりたいんだよね。実はこの間、タクシー会社に電話して、条件とか色々聞いてみたの。ほしたら、私でも頑張れるかなって」

「へえ。やる気やが」

「賛成してくれる?」

「まあ、反対はしぇんけど、思うてたのと違う、なんてならんように、よう調べて、よう考えての」

「うん、そうするわ」

夫の言ったように、里美は昔から車の運転が大好きだった。運転が好きになったのは、自動車の運転免許を取ってすぐのこと。それまで里美の移動手段は、電車と自転車だけであった。福井市は、地方都市としてはわりと鉄道網が発達しているが、それでも鉄道の特性上、線路の通っているところにしか行けない。しかし車なら、海辺だろうが、山の中だろうか、どこへでも行ける。その上、ダイヤに縛られることもない。そんな自由を当時の里美は大いに楽しんでいた。

独身時代は、友人とよく車で旅行に出かけた。その時も率先して車を出し、自ら運転を担当した。友人には「いつも悪いね」とよく言われたが、里美はそれを少しも苦痛に感じていなかった。むしろ、ドライブ中の話し相手になってくれる上に、ガソリン代や高速道路の通行料を割り勘してくれる友人に、感謝していたぐらいだ。結婚してからは、家族でもよく旅行に出かけた。そこでももちろん、里美がハンドルを担当した。最初は、車を運転して得られる自由を楽しんでいたのだが、友人や家族を乗せてどこかに出かけることにも、里美は喜びを感じるようになっていた。

いくら運転が好きでも、仕事となるとまた違ってくるのかもしれないと、夫は心配してくれているのだろう、そう里美は思ったが、本人はその部分についてもまったく不安はなかった。運転の楽しみは、自由にどこかに行けることや、運転操作の楽しさだけではない。道を覚えることや、覚えた道を組み合わせ、混雑の具合なども考慮に入れながら、最も早く目的地へたどり着けるルートを瞬時に導き出すことなども、里美にとっては運転に付随する楽しみなのである。だから私はタクシードライバーに向いている、と里美は確信していた。

翌朝夫が出かけてから、里美は義父母に話をすることにした。今日は仕事も休みだし、義父母も家にいる。子どもたちを送り出し、朝食の片づけを済ませると、里美はリビングで二人並んでテレビを見ていた義父母に声をかけた。

「お義父さん、お義母さん、ちょっと話があるんですけど」

「なんやろうか？」

義父が顔を里美に向ける。里美は義父の目をまっすぐ見つめながら、ゆっくりと口を開いた。

「私、タクシードライバーになりたいんですけど、どう思います？　昔から、一度はやってみたいなって思っていて」

「いいんでねえの？」

義父より先に、テレビを見ていた義母がそう答えた。

「ほやのう。里美さんは運転も上手やしの。でも、夜勤やらあると、身体の調子を整えるのが大変そうやな」

義父の顔は少し心配そうだ。

「あの、この間タクシー会社に問い合わせてみたんですよ。ほしたら、昼勤という勤務形態もあって、朝から夕方までという働き方も出来るって」

「ほれはいいな。身体に無理もないやろうし」

「ほやほや。里美さんももう若うはないのやで、無理のない働き方がいいやろうね。まあ、家のことは心配しぇんくていいざ。わたしもちょうど退職したとこやし、この歳になると、次の仕事もなかなか見つからんしの」

義母はなぜだか楽しそうですらある。昨夜夫が言ったように、今がちょうどよいいいタイミングなのかもしれない。里美はそう思い、改めてタクシードライバーになる決心を固めた。

「ありがとうございます。私、頑張ってみます」

その日の午後にはタクシー会社に面接の予約を入れ、履歴書を書いた。志望動機を記入するところで里美は少し迷ったが、正直に、車の運転が好きであること、地元福井を愛しており、地域に貢献したいという思いがあること、子どもが大きくなって子育てが一段落し、家族の協力も得られる目処が立ったことなどを、整理して記入した。

一生懸命志望動機を考えたのに、面接では特に触れられることもなく、すんなりと採用が決まった。人手不足であることは間違いないようだが、年々高齢化の進むタクシードライバーの世界において、里美はまだまだ若いこと、観光客を案内するとき、特に女性のグループがお客さんである場合などは、ドライバーが女性であるほうが喜ばれる場合が多いこと、そういった需要に対して、女性のドライバーが圧倒的に少ないことなど、タクシーを取り巻く様々な事情が、採用をスムーズにしてくれたのだろうと、面接を担当してくれた課長の話から里美にも想像できた。タクシードライバーとして働くために必要不可欠な普通自動車第二種免許は持っていなかったが、それは入社後に会社負担で取得させてくれるとのことであった。

運転が大好きな里美にとって、免許取得のための技能教習は楽しいものだった。普通自動車第二種免許は、旅客を乗せるための免許であるため、普通自動車一種免許よりも取得をするのが、やや難しい。プロとしての、高い技術や安全意識が求められるからだ。たとえば、左折の際にはしっかりと左に車を寄せて、膨らまないように曲がる、右折の際には車を出来る限り中央線に寄せて、交差点の中心の内側を徐行して曲がる、などといった基本的なことも、厳しい基準で指導、審査される。里美もそれぐらいはちゃんと出来ているつもりであったが、やはり長年の運転で変な癖がついてしまっていたのだろう、度々教官から注意を受けた。

教官の指導は丁寧で、一つ一つが納得のゆくものであったし、指導を受けることで日々運転技術が向上しているとの実感もあり、技能教習については特に問題はなかったが、学科教習についてはなかなか苦労をした。加齢のせいで記憶力が低下しているのか、教本を読んでも頭に入らない。新しく覚える部分についてはもちろんのこと、知っているはずの交通ルールについても、曖昧になってしまっているところが多い。それでも免許を取得しないことには何も始まらないので、家に帰ってからも復習に励んだ。

家族は皆、勉強をする里美には協力的だった。夕食を作ろうと台所に立つと、義母が「わたしがやるから、勉強をしていなさい」と言ってくれたし、夕食後に食器を洗おうとすると夫が「俺がやるよ」と言ってくれた。風呂が沸くと義父が「夜遅うまで勉強していると、風呂に入るのが面倒になるやろうから、先に入ってまいね」とやさしい言葉をかけてくれ、子どもたちは長時間字を書いても疲れにくいシャープペンシルや、よく消える消しゴムを貸してくれた。

よい家族に恵まれた幸せをかみしめると同時に、里美は何としても合格しなくては、という思いを日に日に強くしていった。そのおかげか、里美は学科試験にも技能試験にも、ストレートで合格した。

免許を取得した後は、社内での研修だ。地理を覚えたり、福井市やその周辺地域にある観光地について勉強したり、料金メーターの扱い方を覚えたり。それらを一通り済ませたら、いよいよタクシードライバーとしての、乗務が始まる。

最初は「横乗り」と呼ばれる、先輩ドライバーを助手席に乗せての乗務だ。先輩が横に乗っていてくれれば、都度アドバイスも仰げるし、非常に心強いが、この間先輩は自分の売り上げが立たず、会社が手当てを出すことになる。横乗りをしながら先輩が、地理の理解度、接客マナー、メーターの取り扱い方などが一定の基準に達しているかを見極め、独り立ちをさせてよいかの判断をするのだが、人によっては長引いてしまうこともあるようだ。

里美はすこぶる順調に「横乗り」を終えた。必死に仕事を覚えようと頑張った結果ではあるのだが、まだまだ一人で走り出すには不安が残る。しかしそれは、何日「横乗り」をやっても同じであるような気もした。新しい一歩を踏み出すのは、いつだって、誰だって不安なもの。だからここで勇気を出さなければならない、そう思い込もうとはするものの、やはり不安はなかなか拭い去れないものだ。

仕事を終えて帰宅すると、義母がすでに食卓を整えてくれていた。不安が顔に現れてしまっていたのだろうか、「ただいま」と言った里美を見て義母は、「どうしたの？」と心配そうな顔をした。

「別に心配をしていただくようなことではないんですけど、実は明日から、独り立ちをするんです」

「おめでたいことでねえの。なんでほんな顔をするの？」

「頑張ろうとは思っているんですけど、やっぱり不安で」

「いいことでねえのかな、ほれは。人間歳を取るにつれて、ドキドキすることも、ハラハラすることも、だんだんと少のうなってまう。いろんな経験をしてきて、世の中のこともいくらかわかってきて、多少のことでは動じんくなってまうでの。新しいことに挑戦しているから、ドキドキ、ハラハラするんやろ？　里美さんはまだ老け込むような歳でもねえし、幸せなことでねえの」

「そうですよね。この歳で夢に挑戦出来るだなんて、私、幸せ者ですよね」

「ほやほや。どんな夢だってぇ、叶えるのはそれなりに大変なんやざ」

義母の言葉には、ハッとさせられるほどの鋭さはなかったが、そう感じるのは私の頭の中にも最初から同じような考えがあったからかもしれない、と里美は思った。

思えば義母も、色々なことに挑戦してきた人だった。定年を迎えるまで働き続けた会社に入社したのも、たしか五十歳の頃だったはずだ。長女を生み、私が家にいるようになって、時間が出来たからと、それまでしていたパートの仕事を続けながら、フルタイムの職を探し始めた。年齢が高かったため、なかなか苦労したようだが、くじけずに就職活動を続け、見事に希望を叶えた義母は、私のお手本となる人なのかもしれない。

翌日の朝からは、予定通り一人での乗務が始まった。出社して点呼を受け、車の点検を済ませると、配車係からのアドバイスで、まずは営業所で待機することにした。記念すべき最初のお客さんは、自宅からかかりつけの病院まで通う、おばあさんだった。

「これでよろしゅうね」

乗車の際に提示されたのは、運転免許自主返納証明証。福井市には、七十五歳以上の方が乗車の際にこれを提示すると、タクシー料金が一割引になるというサービスがある。すべての会社のタクシーでこのサービスが受けられるわけではないのだが、結構多くのタクシーで利用が可能だ。もちろん、里美の勤務する会社も、このサービスを行っている。ドライバーとしては、この割引を適用するための処理をする必要があるのだが、里美は研修を受けたおかげで慌てることなく「いつもご利用ありがとうございます」と、笑顔で正確に機器を操作することが出来た。タクシードライバーとしてはごく当たり前の操作なのだが、こういった細かいことの一つ一つが自信につながるものだ。

最初のお客さんを降ろした後は、駅のロータリーに入ってみることにした。順番待ちをした末に里美に巡ってきたのは、ベビーカーを押した若いお母さん。素早く運転席を飛び出し、ベビーカーを畳んでトランクにしまう。それからドアを手で開け、「頭にお気をつけてどうぞ」と赤ちゃんを抱いたお母さんを後部座席に案内した。

タクシーの場合、チャイルドシートの装着は免除されているが、そうであるからこそ、特別に注意が必要である。事故はおろか、急ブレーキも禁物だ。交差点もスムーズに曲がらなくてはならない。とにかく後部座席のお母さんと小さなお客さんの身体が揺れないよう、里美は慎重に車を進めた。

目的地であるお宅に着いて、精算を済ませると、里美はまた素早く運転席を飛び出して、ベビーカーを取り出し、玄関の脇まで運んだ。お母さんは赤ちゃんを抱いたまま玄関まで歩いてくると、「ありがとうございました」と笑顔で言ってくれた。里美はもちろん嬉しかったが、なんだか照れくさくてお母さんの顔を見られず、赤ちゃんに向かって「ご乗車ありがとうございました」と手を振って、急いで車に乗り込んだ。

ハンドルを握り、車を出したところで、里美は先ほどのことを思い出し、思わずにやにやしてしまった。照れくさくてお母さんの顔を見られなかったことについては、反省しなくてはならないけれど、お客さんを喜ばすことが出来たと感じられたからである。

初めこそうまく行ったものの、しばらく勤務をしていれば、嫌な思いをすることもある。セクハラまがいの冗談を言う客、お釣りを用意している時に、「早くしろ」と怒鳴り声をあげる客、カーナビの示す経路と、自分の知っている道を照らし合わせ、混雑具合なども加味した上で、最短最速のルートを選んだのに、「大回りをしているのではないか」とのクレームを入れてくる客。大回りをしているのなら、料金が高くなるはずなのに「いつもより料金が高いですか？」と質問すると、「そんな話をしているのではない」とか、「料金が同じだからといって、大回りをしていないという証拠にはならない」などと、意味の分からないことを言う客。その手の客に当たった時はもちろん腹は立つけれども、タクシードライバーという仕事は、基本的に人から喜ばれることの多い仕事である。おかしな客が時々いるのは事実だけれども、よい接客をし、よい運転をしても、相手がおかしな態度を取るのなら、それは相手側の問題であり、自分が気に病む必要はない、という至極当たり前なことを、里美はちゃんと理解している。そのおかげで、嫌なことがあっても素早く気持ちを切り替えられるのだ。嫌なことより、嬉しいことの方が多いから、この仕事は楽しい。里美は勤務を重ねるにつれ、次第にそんな思いを深め、タクシードライバーという仕事をどんどん愛するようになっていった。

里美は日勤という勤務形態を選択しているため、乗務するのはいつも朝から夕方までだ。深夜に乗務することがないので、酔っ払いの相手をすることは少ないが、その分売り上げを立てるのが難しい勤務形態であるとも言える。やはり一番稼げるのは、夜の遅い時間だ。お酒を飲んで運転が出来なくなり、通勤用の自家用車を会社の駐車場に置いたままタクシーで帰るお客さんや、終電を逃してしまったお客さんなどは、結構長距離になる場合が多い。日中にも、病院に通うお年寄りや、遠方から出張に来られた方など、様々なお客さんがいるが、やはり近距離のお客さんが多いし、お客さんの絶対数も少ない。もちろん、近距離のお客さんもありがたいのだが、数をさばけなければ、売り上げは伸びない。

タクシードライバーとして順調に成長を続ける里美であったが、いつもそんな悩みを抱えていた。しかし、勤務を始めて半年ほど経過した時、里美に思わぬチャンスが巡ってきた。来る２０２４年春の新幹線開通に合わせ、タクシーによる観光需要をさらに増やすために、モデルコースの見直しを会社全体で行うことになったのである。

タクシーを利用した観光の需要が増えれば、日勤という勤務形態を選択している里美にも、売り上げを伸ばすチャンスとなる。しかも、そのモデルコースのプランを実際に乗務している現役のドライバーから募集し、採用された場合には、会社から金一封まで出るようなのだ。

里美は俄然張り切って、その通達が出た日の夜から、プランを練り始めた。

里美には、売り上げを伸ばしたいという思いの他にも、張り切る理由があった。それは、自分の故郷である福井の良さを、観光客にも知ってもらいたいと常々思っていたからだ。里美にとっては非常に不本意なのだが、福井は北陸三県の中で最も地味な県、と言われてしまうことがある。人口も北陸三県の中で一番少ないし、民放のテレビ局は二つしかない。福井城の跡にはお堀が残っているのに天守閣はなく、代わりに県庁と県警本部が建っている。しかし、「全47都道府県幸福度ランキング　２０２２年版」（一般財団法人日本総合研究所編）において福井県は、幸福度全国一位になっている。

みんなが幸せに暮らしているのだから、福井ってきっといいところ、と里美には思えるし、実際にそう感じてもいるのだが、じゃあ、具体的にどんなところが？　と自分に問うてみても、すぐに答えは浮かばない。里美は生まれてから今日まで、ずっと福井で暮らしているので、どこかと比較することも出来ないし、いいところがたくさんあるような気がするけれども、それが日常になっているため、福井には何もないような気もする。

とにかく、福井の好きなところを挙げてみようか、と里美は普通自動車第二種免許を取得した際に、学科の勉強で使用したノートの続きに、思いつくままに記してみることにした。

福井の好きなところか……、みんなやさしい、ああ、これは主観だ。しかも伝わりにくい。タクシーで案内するのも難しそう。うちの近所の山崎さん、とてもやさしい人なんですよ、と観光客を山崎さんのお宅に案内して、お茶をご馳走になるわけにもいかないしね。他には、自然。ざっくりしているなあ。他には、ソースかつ丼？　ヨーロッパ軒？　好きだけどぉ、ひって好きだけどぉ、なんか違うんでねぇ？

福井のことを知りすぎているからいけないのだろうか、隣の芝は青く見える、と言うけれど、自分の家の芝の青さに気がつくのは難しいのだ。でも、隣の人に自分の家の芝をより青く見せようと頑張るのが、観光案内というものなのかもしれない、と里美は考えた。

隣の人というのはあくまでも比喩で、観光客というのはもっと遠いところから来る人が多い。ということは、遠くから来た人に、意見をうかがうのがいいだろう。でもな、遠くから来た人って誰？　知り合いにはいないいな。

里美はまず、夫に遠くから来た知り合いはいないかと聞いてみることにした。

「遠うから来た人か。うちの会社は地元密着型やでな。盆か正月になれば、帰ってくる同級生やらも、いるかもしれんけど」

「ほやのよ。企画の締め切りが来月末やで、お正月までは待てえんし、困ったな、どうしたらいいんやろう?」

「そこはやっぱ、里美が見せたいものを、見せたらいいんでねえか?」

「うん、でもほれでは、どうしても定番のスポットばっかになってまうがし」

「難しいものやの」

「ほやの」

夕食後リビングで、お茶を飲みながらそんなことを話し合っていると、風呂から上がって来たらしい義母が、テレビを見にやってきた。

「テレビをつけるざ。ドラマが始まるで」

「はい、どうぞ」

「なにか話をしてたんでねえの?」

「ええ。今度会社で、タクシーを使った観光ルートを見直すことになって、アイデアをドライバーから募集するんです。私もそれに応募しようと思っているんですけど、なかなかいいアイデアが浮かばなくて」

「ほうなんやって。里美はな、遠うから来た人に意見をうかがいたいと言うてるんやけど、俺にもほんな知り合いえんしなあ」

「のお、里美さん、遠うから来た人ってぇ、どっかから引っ越してきた人ってことやろか?」

「そうです。観光客としての視点を知りたいので」

「そうんなら、昌子さんとこのお嫁さんはどうやろう？　昌子さんとこの一義君、今年結婚したやろ？　お嫁さん、東京の人やざ。大学時代の同級生で、ずっと遠距離恋愛やったらしい。昌子さんがそう言うてた」

「一義君って、あの県庁に勤めてる子ですか？」

「ほやほや。わたしが昌子さんに頼んだげようか？　一義君も県庁に勤めてるぐらいやで、地元の振興のためやと言えば、協力してくれるかもしれんやろ？」

「お願いしてもいいですか？」

「うん。いっぺん頼んでみるわ」

翌日、里美が仕事を終えて帰宅すると、義母はダイニングキッチンで、一人でお茶を飲んでいた。「ただいま」と声をかけた里美に、義母は申し訳なさそうに、昼間にあったことを話し始めた。

「昌子さんのとこへ、今日の昼間行ってみたんやざ。ほしたらお嫁さん、今東京に帰ってるんやて。お母さんが病気なんやけど、お父さんは亡くなっているし、お兄さんもいるみたいなんやけど、海外赴任中での。他に面倒をみる人がえんで、仕事を休んで面倒を見ているようなんやざ」

「へえ、立派な人やねぇ」

「ほうなんやって。ほやさけぇ、さすがに協力は頼めなんだよ」

「ほんなことなら、仕方ないですね」

里美は正直落胆したが、それでも義母に余計な気遣いをさせないよう笑顔を拵え、「他の方法を考えてみます」と言って、着替えをするため、自分たち夫婦の部屋へと引っ込んだ。

夫婦の部屋では、先に帰宅していた夫が、デスクの上でパソコンを開いていた。

「持ち帰りの仕事？」

「違う違う。福井のいいところ、探していたんや。母さんから聞いたやろ？」

「うん。残念」

「残念がることはないやろ。他にもやり方はあるんやで」

「ほやけどねえ……」

「なんやよ、里美らしくないな。いつも元気、いつも前向き、それが里美の持ち味やろ？　ほら、これを見とくんね」

そう言って夫は、パソコンの画面を里美に向けた。

「なに？　写真？」

「これまでに家族で、いろんなところに行ったやろ？　そんな思い出の写真をな、スライドショーにしてみたんや。近場に絞ってな」

「ありがたいけれど、ほんなのが参考になるやろうか」

せっかく夫が協力してくれようとしているのに、なんて言い草だろうと、里美はこの言葉を口にしたことを、すぐに後悔した。しかし夫は、腕組みをして、悠然と笑みを浮かべている。

「偉そうなこと言うつもりはないんやけど、旅行に来る人いうんは、思い出を作りに来るんでねえかな。うもうは言えんが、近くに住んでるおれたちが楽しいところやったら、遠うから来た人はもっと楽しいはずやざ。遠うに来てるちゅうだけでさ、なんか楽しい気分になるものやろ？

ほやさけぇさ、楽しさもその分、大きなるんでねえの？　思い出も、同じなんでねえの？」

夫の言葉に里美は、妙に納得させられた。そうだ、私たちにとって楽しいところは、きっと誰かにとっても、楽しい場所であるはず。

「ほの通りかも。いうなれば私たち、福井での思い出作りでは、お客さんたちより先輩やでね」

「ほやほや。先輩どころか、師匠かもしれんよ」

「ありがとう。ほれ、参考にさせてもらうざ。さあ、スライドショー、流いてみて」

地元の人間が、地元の観光地について考えるということは、何気ない日常の中にある幸せについて、考えることに似ていないだろうか。パソコンの画面に次々と映し出される写真を見ながら、里美はそんなことを考えていた。身近にありすぎて、なかなかその価値に気づけないけれど、かけがえのないもの。もしかしたら、一番大切なもの。

夫がまとめてくれたスライドショーの写真には、福井市周辺の主だった観光地のほとんどが写っていた。子どもたちの夏休みになると必ず出かけた、芝政ワールドのプール。歴史の勉強をかねて出かけた、丸岡城、一乗谷朝倉氏遺跡、越前大野城、福井城址。福井県立恐竜博物館や、越前松島水族館など、歴史以外の分野でも、子どもたちが楽しみながら学習できるところがある。日々の生活に疲れた大人も、永平寺や白山平泉寺へお参りに行ったり、東尋坊や越前海岸へ、美しい海を眺めに出かけたりすれば、ストレスなんてすぐに吹っ飛んでしまう。ああ、やっぱり福井って、いいところだなあ。

スライドショーの写真を見ながら、里美はそんな思いをどんどん強くしていったが、大切なことにふと気がついた。

でも、こういうところって、モデルコースにも大体入っているよね。

福井にはいい観光地がたくさんあるが、有名なところは大体既存のモデルコースに組み込まれているし、有名なところはほとんどの場合、いいところだから有名になるのだ。有名でないところがなかなか有名になれないのは、やはり魅力に乏しいからであることが多い。有名ではないけれど魅力のあるところを「穴場スポット」というのだろうけれど、なかなか見つからないから、穴場スポットは穴場スポットとなり得るのである。

「のう、そろそろ飯食おっさ」

「あれ、食べてえんの？」

「食べてえんざ。だってぇ、帰ってきてからずっと、写真をまとめてたんだで」

「ほやよの。食べようか」

二人揃ってダイニングキッチンへ行くと、食卓にはすでに二人分の食事が用意されていた。

「ああ、お義母さん、すみませんでした」

「なんでほんなことを言うの。一生懸命働いているのやで、気にしぇんでいいざ」

「ありがとうございます。お義母さんの料理、美味しいからありがたいです」

「ほなこと言うても、ご覧の通り、ご馳走なんてないよ。ざいごのおばあさんの料理やざ」

「いいえ、これが美味しいんですよ」

焼き魚に、野菜炒め、厚揚げの煮たのに、古たくあんの煮たの、お味噌汁。シンプルだが、なかなかに手間のかかった料理である。特に、「古たくあんの煮たの」。古くなって酸っぱくなったたくあんを薄く切り、何度か煮こぼして塩気を抜きつつ、やわらかくなるまで茹で、だし汁やしょうゆで煮て、ごまや唐辛子を振りかけた料理だ。見た目に華やかさはないけれど、里美はこれが大好きなのである。とにかく、ご飯が進む。軽く日本酒を飲むときなどの、つまみにもいい。

里美は他のおかずには目もくれず、真っ先に「古たくあんの煮たの」を箸でつまみ、ご飯とともに口に運んだ。

「里美は本当にそれが好きやよの」

そんな里美を見て、夫が微笑みながら言った。

「ほやよ。普通のたくあんも美味しいけど、こっちのほうが断然好き」

そこで里美は、ハッとひらめいた。もしかして、これでねえの？　私がやるべきことはきっと、これを作るようなことなんやざ。

たくあんはそのままでも美味しく食べられるが、そこからさらに手間をかけて調理することで、より美味しくなる。既存のモデルコースにだって、見せ方や回り方を工夫すれば、また別の味わいを持たせせられるはず。頑張らなきゃ。昔の人は古くなって、酸っぱくなってしまったたくあんですら、こんなに美味しくする方法を考えたのだもの。

「私、やってみせる。絶対にやり遂げてみせる。この古たくあんの煮たのみたいな、素晴らしいモデルコースを考えてみせる」

「古たくあんの煮たのみたいなモデルコース？　ユニークやの。どんなのが出来上がるか、楽しみや」

「うん。期待してて」

里美は食事を済ませると、すぐに夫婦の部屋に戻ってパソコンに向かい、プランを練り始めた。きっとうまく行く。だって福井は、いいところなのだもの。

最初に里美が考えたのは、有名な観光地を単純につなげるのではなく、雰囲気やテーマに沿って組み立てるのがいいのではないか、ということだ。わかりやすい例を挙げるとしたら、歴史、グルメ、絶景スポット、といったところだろうか。ただ、既存のモデルコースには、こういったテーマに沿ったものもある。既存のコースにもあるわけだから、おそらくそれなりに需要はあるのだろうが、これだけですべての観光客のニーズが満たされるのだろうか。

観光客の中には、歴史が大好き、という方もいるかもしれないが、全員ではない。美味しいものを食べたいと思っている方も多いと思うが、食べるだけで満足するだろうか。絶景スポットを巡るのも良いが、お腹は減るだろう。また、特に見たいものや食べたいものを決めずに、なんとなく福井に来てみた、なんて方もいるだろう。

ではこの、なんとなく福井に来てみた、という方はどういう旅をしたいのだろうか。里美の勤める会社にも、初めて福井を訪れる方を対象にした、「福井ダイジェスト」とでも言えそうなコースがある。内容としては、福井駅～大本山永平寺～丸岡城～東尋坊～芦原温泉といった感じだ。禅の文化、歴史、絶景、芦原温泉に宿泊すればおそらく越前ガニをはじめとしたグルメも楽しめるだろうし、芦原温泉に泊まるのならば、東尋坊や芦原温泉から福井駅まで帰る分のタクシー料金がかからず、予算の面でも所要時間の面でも効率が良い。だが、芦原温泉ではない場所に泊まる場合や、日帰りの場合はどうだろう？

新幹線が福井にやってくるということは、交通が便利になるわけだから、日帰り、もしくは違う町に宿泊する観光客の方々にも、福井に寄っていただきやすくなる、ということになりはしないだろうか。するとこれまでのコースでは、カバー出来ないケースが出てくるかもしれない。

ならば、ここに鉄道を組み合わせたらどうだろう。このコースの場合なら、最終目的地が芦原温泉だから、東尋坊を見学した後は、新幹線も停まるようになるJRの芦原温泉駅までお送りするのが無難なのだけれど、たとえば三国湊駅へお送りし、えちぜん鉄道を利用して福井駅まで戻っていただくとか。所要時間は結構かかるが、時間に余裕のある方なら、ローカル線を旅する雰囲気も楽しめるかもしれない。

駅から観光地を巡り、別の駅へお送りする、地方都市としては比較的鉄道網が整っており、新幹線の延伸でさらに便利になる福井には、ぴったりなプランではないだろうか。

これは、歴史をテーマとしたコースにも応用できる。最後にご案内するスポットが永平寺からならば、えちぜん鉄道永平寺口駅へ、一乗谷朝倉氏遺跡ならばＪＲ一乗谷駅へお送りすれば、同じような効果が期待できそうだ。もちろん、福井駅までタクシーで戻るより、予算の面でも随分節約になる。一乗谷駅のある越美北線のように、列車の本数が少ない路線でも、タクシーならばコースを自由に組み立てられるし、途中で時間の調整もしやすいから、ダイヤに合わせてコースを設定し、状況に応じて調整するようにすれば、問題はなさそうだ。

もっと広げて考えてみようか。たとえば出発地が福井駅なら、福井駅から丸岡城、丸岡城から永平寺、永平寺から一乗谷朝倉遺跡、最後は一乗谷駅。これはなかなか効率がよさそうだし、歴史が好きな方なら、見ごたえがありそうだ。でも、せっかく一乗谷まで行ったなら、峠を一つ越えてうるしの里会館まで足を延ばすのもいいかもしれない。歴史が好きな方の中には、漆器のような伝統工芸品に興味がある方も、多いかもしれない。石川県の山中塗や輪島塗に比べれば知名度は低いかもしれないけれど、越前の漆器もきっと負けてはいない。なにせ、千五百年の歴史があると言われているのだから。

となると、もう少し南に下って、越前市の越前和紙の里はどうだろう。和紙の里通りの雰囲気もいいし、越前和紙にも千五百年の伝統があると言われている。その上、越前和紙の里卯立の工芸館、越前和紙の里紙の文化博物館、越前和紙の里パピルス館と、見学や体験のできる施設も揃っているから、きっと喜んでもらえる。

ここまで来ちゃったら、もういっそのこと西へ向かって、武生市の越前そばの里へ寄るのもいいかも。おそばの試食も出来るし、おそばの工場の見学も出来る。お腹が空いているなら、お食事処もあるしね。おみやげも売っているしね。

あれ、するともう、武生インターはすぐそこだ。北陸道経由で帰るのもいいけれど、新幹線の駅が出来るのって、武生インターの近くじゃなかったっけ？　そうだ、そうだ、越前たけふ駅。えっ、ここにお送りすれば、芦原温泉も、敦賀も、金沢も、すぐじゃないの？　ああ、本当に便利になるんだな。

やっぱり福井って、いいところ。これからきっと、もっともっといいところになる。里美はプランを練りながら、そんな思いをどんどん深くしていった。

# 飛騨の美女

【飛騨高山】

泰造は今朝も迷っていた。「さて今日は、うどんにすべきか、そばにすべきか、それともまじりにすべきか」。

泰造は出勤前に必ずこの店で朝食を摂ることにしている。理由は簡単、おいしいから。おいしいだけでなくここのそばやうどんの汁は、身体に馴染むというのか、クセになるというのか。毎日食べても飽きない味なのである。

麺については、うどん、そば、きしめんが選べるうえに、「まじり」にもしてもらえる。「まじり」とは、一つのどんぶりのなかに二種類の麺を半々で入れてもらうオーダーの仕方だ。うどんにしようか、そばにしようか、と迷うぐらいなら両方味わえる「まじり」にするのがいいようにも思えるのだが、人間というものはそんなに単純な生き物ではない。「まじり」を注文したとしても、「もうちょっとうどん食べたかったな」とか、「やっぱ今日はそばオンリーがよかったわ」という気持ちになることが少なくないのだ。ならば翌日に、「まじり」ではなく、そばなりうどんなりをストレートに注文すればよいような気もするのだが、今日の自分と明日の自分が同じであるという保証はない。

ここでは先に食券を買い、カウンターに出す際に「うどん、そばのまじりで」といったように、店員に希望する麺の種類を伝えるようになっている。食券は、0．5玉から4玉まで0．5玉きざみで量が選べるようになっており、1玉以上の量から「まじり」の注文が可能となる。また、量だけではなく、1玉の天ぷら入り、2玉の玉子入り、3玉の天ぷら玉子入り、といったように、量とトッピングを組み合わせたバリエーションもある。

迷うことが多い、とはいっても、よく頼むメニューというのは自然と決まってくるもの。今日も泰造は朝食としてもっとも頻繁に注文する、「二玉の玉子入り、うどんそばまじり」を選んだ。カウンターに食券を提出すると、一分もしないうちに「二玉の玉子入り、うどんそばまじり」が出てくる。この素早さもいいところ。朝の時間は貴重だ。料理が出てくるまでに十分、十五分かかる店に行くのなら、その分早く寝床を飛び出さなくてはならなくなる。これも泰造がこの店に足を向ける理由の一つである。

席に着いたら、まず汁を一口。ここの汁はかなりしょっぱめだ。出汁もしっかり、しょうゆの塩気もしっかり。一口飲んだだけで目が覚め、身体の内側から活力が湧いてくる。沁みるなあ、と泰造は心の中で呟いて、麺をすすった。

食事を終えると泰造は自家用車に乗り込み、営業所へと向かう。営業所に着いたら出勤時の点呼を受け、アルコール濃度を測る機械に息をフー。鍵を受け取り、出発前の点検をする。灯火類よし。タイヤにひび割れや異物なし。空気圧よし。ブレーキよし。車内の清掃よし。

ここまでは、大体いつも同じことの繰り返し。変化があるとすれば、朝食をうどんにするか、そばにするか、まじりにするかぐらいである。ただ、ここから先のスケジュールは毎日違う。

タクシードライバーになる前、泰造は小さな印刷工場を経営していた。父親から受け継いだ工場だったのだが、泰造が代表になる前から経営状態は決してよくなかった。それでもせめて父親が生きているうちは絶対に工場を畳むまいと必死で頑張ったのだが、結局それもかなわなかった。

工場を畳むことを決めた日、父親の前に手をつき、「父ちゃん、すまなかった」と頭を下げると、

「仕方ない。時代だ」と父親は笑ってくれたが、その数か月後に眠るように亡くなってしまった。このことを泰造は今も、気に病んでいる。「おれが父ちゃんを死なせてしまったのではないか」と。「工場こそが、父ちゃんの命だったのでないか」と。

工場を畳んだ泰造に「おれの会社で一緒に働かねえか」と声を掛けてくれたのは、幼なじみの稔だった。妻子ある身、どんな仕事でもかまわないから、とにかく稼がないと、とその話に飛びついたのだが、この仕事は泰造に合っていたようで、今日まで続けることが出来ている。

「稔、今日もありがとうな」

「ああ。安全運転で頼むよ」

「任せておけって」

稔は泰造が入社する前から、この会社で配車係をやっている。つまり、幼なじみである泰造とは、ズブズブの関係、というと聞こえが悪いか。しかし、わりの良い仕事を優先的に回してくれているのではないか、と泰造には感じられることがある。そう言うと稔は、「そんなことはないよ。おまえの運がいいだけだ」と笑って答えるが、果たして真相はどうだろうか。

事実今日も稔は、貸し切りによる市内観光の仕事を回してくれた。いくつかのモデルコースがあって、その通りに回ることも多いが、お客さんの希望を聞いて自由に変更することも出来る。半日コースだが、これがあるだけで一日の水揚げは随分楽になる。稔のおかげでもあるけれど、多くの観光客を引き寄せるだけの魅力を持ったこの町に、泰造はいつも感謝している。

市内のホテルまで予約の客を迎えに行き、まずは宮川朝市へ。今日の乗客は、関西方面からの家族連れ。両親らしき夫婦は六十代ぐらいだろうか。息子と娘が一人ずつ、あるいは息子か娘とそのパートナー、という組み合わせなのかもしれないが、そちらの世代は三十代ぐらい。親孝行の旅行か、それともたんまり退職金をもらった父親がスポンサーか。どちらにせよ、仲の良さそうな家族だ。

朝市は毎日開催されているが、土日はやはり買い物客も出ている店の数も多い。近くの駐車場も埋まってしまいがちだが、そこはタクシーの利点を生かして、近くの路上で客を降ろし、集合場所と集合時間を決めて、迎えに行くという方法も使える。泰造は父親らしき客と相談の上、三十分後に朝市の北側の入り口である、弥生橋の辺りまで迎えに行くことにし、集合場所とは反対の入り口となる鍛冶橋の近くで、その家族を降ろした。

貸し切りの観光タクシーの料金形態は時間制なので、走行距離は料金に影響しない。したがって、近くの有料駐車場に車を停めて待っているよりも、少し離れたコンビニに車を停めて、コーヒーでも飲んで休んでいた方が、お客さんとしては安く上がる。駐車時間が長くなると、コンビニにも迷惑がかかるが、五分か十分コーヒーを飲んでいる間ぐらいなら、きっと許してもらえるだろう。つまり、車で十分ほど離れたコンビニに行ってコーヒーを飲んで、また十分ほどかけて戻ってくればちょうどいいはずだ。泰造はそう考えて、適当なコンビニに車を向けた。

コンビニの駐車場でコーヒーを飲みながら、なんとなく泰造は今日の客のことを考えていた。

仲の良さそうなご家族だった。果たして俺は、あんな風に家族仲良く旅行をしたことがあっただろうか。親父はいつも仕事に追われていたし、おふくろもそうだった。働き者だな、と子どもの頃から二人を尊敬していたけれども、子どもとして、自分の家庭に不満がなかったわけではない。夏休み明けには、周囲の友達はキャンプに行ってきたとか、海水浴に行ってきたとか、嬉しそうに話していたけれど、わが家の場合は、お盆の墓参りに市内の親戚の家に行くぐらいだった。あとは親父もおふくろもずっと仕事。でも、絶対に文句を言ってはいけないと感じていた。二人とも、あんなに頑張っていたから。

子どもの頃の楽しみといえば、お祭りを見物することぐらいだった。親父もおふくろも、さすがに高山祭の日は仕事を休んでくれた。春の山王祭は伯父さんの家の近くで、秋の八幡祭は自宅の近くで、家族揃って祭りを見た。毎年同じ場所で、毎年同じ祭りを見るだけなのだけれど、それだけで嬉しかった。

親父が引退して、俺の代になってからだって同じだ。両親を一度も旅行に連れて行ってはいないし、自分の子どもに対してだってそうだ。工場をやっていた時は必死だったし、運転手になってからだって、生活を維持するために必死だった。親父やおふくろの苦労も、痛いほど知った。妻の鶴子にも、苦労をかけっぱなしだ。工場を畳む前から鶴子はずっと、市内の老人介護施設に勤めている。夜勤もあるし、体力的にも大変な仕事だろう。家計の管理は鶴子の担当なので、貰った給料をどう遣っているかは知らないが、生活ぶりを見ている限り、贅沢なものを買うでもなし、休日に旅行に行くでもなし。時々近場の温泉に浸かって身体をいたわるぐらいのことはするものの、文句ひとつ言わず、家族のために頑張ってくれている。たまにはダイヤモンドの一つぐらい買ってやりたいとは思うけれど、子どもたちにはまだまだ学費もかかるし、今の生活状況では難しい。

そんなことを考えているうちに、すぐに客を迎えに行く時間になり、泰造は急いで車に乗り込んで弥生橋へと向かった。

モデルコースでは、次の目的地は高山祭屋台会館となっているのだが、弥生橋から高山祭屋台会館までは、歩いて行けるぐらいの距離だ。客の希望であればそれでいいのだが、せっかくタクシーを貸し切ってもらっているのだから、そんな近くでまた降ろして見学、というコースに泰造はなんだかもったいないさのようなものをいつも感じている。高齢者であったり、身体が不自由であったり、ということであればそこに必要性を感じるのだが、今日の客は親であると思われるご夫婦でも六十代ぐらいで、まだまだ若々しく元気そうだ。せっかくなら車でしか行かれないところに案内したほうが、喜んでいただけるのではないだろうか。

泰造はそう思い、客に別の行き先を提案してみることにした。

「お客さま、モデルコースではこの後高山祭屋台会館をご案内することになっているのですが、場所としてはすぐそこなんですよ。せっかくタクシーを貸し切っていただいているのに、少しもったいないような感じがしませんか？　この後のご予定次第では、もう少し遠い場所へご案内することも出来ますけど、いかがですか？」

泰造がそう問いかけると、後部座席の父親らしき男性が、人の良さそうな笑顔を浮かべながら、話に乗ってきた。

「そうですなあ。帰りの列車は十五時三十四分の特急ひだ号なんやけど、スケジュール的にどないですやろか？」

「お昼まで貸し切りでご予約をいただいておりますので、それまでにこの辺りに戻ってくれば、屋台会館を見学していただいたり、高山陣屋を見学していただいたり、ということも可能だと思いますが」

「帰りは高山駅で降ろしてもらうことになってますけど、屋台会館とか陣屋の前で降ろしてもらうことも出来るんですか？」

「はい。大丈夫ですよ。たとえば陣屋からなら、駅までも近いですし、見学した後、古い街並みを散策していただくことも出来ると思いますが」

「それはいいな。どうやろ、そうしてもらおうか？」

父親らしき男性がそう言うと、家族全員が即座に賛成した。

「かしこまりました。ちなみに、どうしてもここを見ておきたい、というようなスポットはございますか？　もしございましたら、それを取り入れてコースを考えますので。ここ、という場所はなくても、歴史がお好きだとか、自然がお好きだとか、お好みを教えていただければそれを参考にさせていただきます」

「わたし、山が見たい」

娘さんらしき若い女性が最初に手を上げてそう答えた。他の三人もそれにうんうんと頷いている。

「それは、きれいな山が眺められるようなところ、ということですか？　絶景スポットのような？」

「そうです。できればＳＮＳ映えするところがいいなあ」

「そうやな。せっかくこういうところへ来とるんやから、生駒山やら六甲山やらとは違う感じの山を眺めるゆうのも、ええかもしれんな。ほんなら運転手さん、そういうところへお願いしますわ」

父親らしき男性の言葉に、泰造は「承知しました」と頷き、静かに車を出した。

国道１５８号から県道４６２号を経由し、国道３６１号に入る。トンネルを抜けてしばらくすると、左側に小さな展望台が見えてくる。その手前を左折し、泰造は車を道路脇のスペースに停めた。

「あちらが美女街道展望台です。小さな展望台ですけど、眺めは最高ですよ」

泰造がそう案内すると、一行は飛び出すように車を出て行った。車のエンジンを止め、泰造も後に続く。一行は展望台には上がらず、目の前のガードレールに並んで景色を見ている。

娘さんらしき女性は早速スマートフォンを取り出して、写真を撮っている。まずは風景だけ。次は、腕を伸ばして自分を入れて。息子さんらしき男性は、ガードレールに手を置いて、大きく深呼吸をしている。親世代の二人は、若い二人の姿を微笑みながら見つめている。泰造は「美しい光景だな」と感じながら、その様子を眺めていた。

タクシードライバーをしていればその日の客のことを、うらやましく思うことがしばしばある。「ああ、今この店で飯を食ってきたのか。さぞかしうまかったろうな」とか、「この人たちはこれから、こんなにいい旅館に泊まるのか」とか、「高そうな時計をしているな」とか。しかし泰造には今日の客が、なぜか特別にうらやましく感じられるのだった。

「運転手さん、シャッターを押してもらえますか」

「ああ、はい」

娘さんらしき方からスマートフォンを渡され、泰造はシャッターを押した。四人の家族らしき人々は、皆揃って楽しそうに笑っていた。

それからは展望台に上がったり、また何枚か写真を撮ったり。満足したらしい一行と共に泰造は車に戻り、次の目的地についての相談をすることにした。

「次の目的地ですが、どうしましょう？」

「そうやなあ。今の展望台、山もきれいでしたけど、手前に広がっていた山里の風景がとてもよかったなあ」

父親らしき男性の言葉に、母親らしき女性が頷きながら言葉を繋げる。

「きれいな村やったねえ。あのね、運転手さん、わたしら、大阪のごちゃごちゃしたところで生まれ育って、今もそんなところで生活してるんです。だから、ああいう景色を見るとなんだか、おとぎの国に来たみたいな気分になるんですよ」

おとぎの国は大げさかもしれないけれど、たしかに大都会で暮らす人にとって山里の暮らしというのは、なじみの薄いものだろう。同じ高山市内でも、泰造の育った市街地の暮らしと、この辺りの人々の暮らしは大きく違う。今や車もあるし、電気だって通っているから、昔ほどの大きな違いはないのだろうけれど、やはりこの辺りの生活と、市街地の生活がまったく同じにはならない。市街地で暮らす人々は徒歩で居酒屋に酒を飲みに行くことが出来るが、この辺りの人々は徒歩で自分の畑に行き、自分で作った野菜を収穫して、すぐに食べることが出来る。毎日食べているお米だって、自分の田んぼで、自分で作ったものかもしれない。

泰造はそこまで考えて、次の目的地を提案してみることにした。

「モデルコースにも入っている定番の観光地なのですが、これから飛騨の里に行ってみるのはどうでしょう。昔の山里の暮らしがよくわかる施設なんです。古い民家が保存されていて、伝統工芸の実演なんかもやっているんですよ」

「面白そうやな。みんなは、どうや？」

「ええんとちがいます？」

「僕もええと思うで」

「わたしも行ってみたいわあ」

父親らしき男性の問いかけに、家族全員がまた賛成した。まとまりのある家族だなあ、と泰造は感心した。

飛騨の里へ向けて車を走らせ始めたところで、後部座席の娘さんらしき女性から質問が飛んできた。

「あの、さっきの展望台、美女街道展望台っていうみたいなんですけど、この道が美女街道ですか？」

「そうですよ」

「変わった名前ですけど、どんな由来があるんですか？」

「この近くに美女峠という峠があるんですよ。美女峠は冬になると雪で閉鎖される期間がありまして、その代替道路としてこの道は造られたようなんですね。それで、美女峠の代替道路だとわかりやすいように、この名前がつけられたんじゃないですかね」

「美女峠っていうところがあるんですか。じゃあ、美女峠にはどんな由来があるんです？」

「昔、その峠に美しい尼僧が住んでいたらしいんです。何百年たっても少しも年を取らず、八百比丘尼と呼ばれていたそうで」

「ほう、母さんみたいやな」

「もう、また変なこと言うて」

微笑ましい夫婦のやり取りを聞いて、娘さんらしき女性は、苦笑いをしている。息子さんらしき男性は、黙って窓の外を見ている。泰造には面白いと感じられたが、若い二人にはあまりウケなかったようだ。車内に白けたムードが漂っている。泰造はそれを打ち破るように話を続けた。

「八百比丘尼は、餅を作るのが上手だったようで、峠を通る人を相手に餅を売り、茶屋のようなことをしていたみたいですね。美女峠には、その屋敷跡といわれる場所もあるんですよ」

「八百比丘尼の伝説って、僕も聞いたことがあるな。でも高山じゃなくて、どこか他の町だったような」

息子さんらしき男性が、首をかしげながら言う。泰造は一度頷いて、話を続けた。

「八百比丘尼の伝説は、北海道と九州を除く日本の各地にあるみたいですね。八百比丘尼の正体は、人魚の肉を食べて不老長寿を得た女性、という話が多いようなんですが、美女峠の八百比丘尼は、美女高原にある、美女池の主の化身であると伝えられています」

「人魚の肉ですか。もし人魚を養殖出来たら、大儲け出来るやろなあ。マグロの養殖どころの騒ぎやないで。肉を食べるだけで不老長寿が得られるんなら、芦屋あたりの金持ちが、百グラム一億は出しよるで、きっと」

父親らしき男性がそう言い放った瞬間、車内が再びシーン。泰造には面白い発想であるように感じられたが、どうもこの方の冗談には、家族をシーンとさせる効果があるようだ。それでも家族からは頼りにされているように見えるし、娘さんらしき方からも、息子さんらしき方からも、母親らしき方からも、嫌われている様子はない。きっと、リーダーシップのようなものに長けているのではないか、と泰造は思った。たとえば兄妹喧嘩をしているときに、この方が冗談を一言。二人はシーン。冷静になって、というか白け気分になって喧嘩が終わる。「さすがお父さん！」なんて。裁判長にも向いているかもしれない。衝撃的な証言にざわざわする法廷。ドラマなどではよく裁判長が木槌でトントンとやって「静粛に」なんてシーンをよく見るけれども、あんなことをしなくても、この方なら冗談を一発かますだけで、法廷はシーン。「さすが裁判長！」なんて。

自分の考えたことがあまりにもバカバカしくて、泰造は思わず「ふふふ」と声を漏らしてしまった。

ルームミラーを覗くと、後部座席で父親らしき男性が満足そうに笑っていた。

その後は飛騨の里を案内し、最終的に高山祭屋台会館のある、櫻山八幡宮の前で客を降ろした。

櫻山八幡宮から高山駅までは、徒歩で二十分ほどかかるが、「それぐらいなら、かえってちょうどええ。町並みを楽しむことも出来そうやし」と父親らしき男性は満足そうに言って、家族の先頭に立ち、鳥居をくぐって行った。

それから深夜まで仕事をこなし、営業所で売り上げの精算や洗車をして、泰造は明け方帰路に就いた。鶴子は夜勤だし、子どもたちと母親はまだ眠っている。静かに玄関をくぐり、さっとシャワーを浴びて、台所へ。ジャーから飯を茶碗によそい、赤かぶらの漬物を載せて茶をかけ、立ったままサラサラっと口の中へ流し込んで、泰造はすぐに床に就いた。

昼過ぎに目を覚ますと、泰造の隣で鶴子が眠っていた。泰造の勤務明けと鶴子の夜勤明けが重なった日はいつもこうなのだが、泰造は一度も鶴子が帰って来た時の物音で目を覚ましたことがない。物音を立てないよう、鶴子が気を遣ってくれているのか、それとも泰造の眠りが深いのか。

泰造は身体を起こし、布団の上に胡坐をかいて、じっと鶴子の顔を見つめた。

年を取ったなあ、お互いに。

八百比丘尼は、何百年生きても、常に十七、八歳に見えるほど若々しかったという。泰造と鶴子は高校の同級生だ。互いに相手が、十七、八歳だった頃を知っている。恋人となったのは高校を卒業した後だったが、その頃から友だちではあった。鶴子は明るく、活発で、峠で餅を売ったら評判が立つような美人ではなかったが、クラスの人気者だった。

鶴子は人魚の肉を食べたこともなければ、池の主の化身でもないので、見た目は年相応だが、十七、八歳だった頃の明るさや活発さは今もまったく失われていない。むしろ、さまざまな苦労を乗り越え、社会経験を積んできたおかげか、持ち前の明るさや活発さに、たくましさが加わっているように思える。経験によってたくましさを備えることは、人として成長した証でもあるとも言え、決して悪いことではないのだが、もし自分が優秀な経営者であったのなら、鶴子がたくましくなる必要もなかったのではないか。

そんなことを考えながら、泰造はしばらく鶴子の顔を見つめていた。するとやがて鶴子が目を覚ました。

「あれ、泰ちゃんも今起きたところ?」

「うん。ちょっと前にな。鶴ちゃんはもう少し寝てればいい。疲れているんやろ?」

「いい。起きるよ。せっかく今日はお休みやし」

「そうか。じゃあ、マッサージしようか」

「ありがとう。助かるよ」

本当は風呂上がりにでもマッサージをしてやれたら、鶴子もよく眠れるのだろうけどな、と泰造はいつも思うが、二人の勤務時間の関係上、こうなってしまうことが多い。また、寝起きは身体も温まっておらず、筋肉も硬い状態にあることが多いので、あまり強いマッサージはせず、軽いストレッチ程度にとどめておくのが無難である。ということは、マッサージによる効果もそれなりになってしまう。それでも泰造は、鶴子の身体をマッサージせずにはいられないのだ。

「ああ、すっきりした。ありがとう」

「うん。ちょっと肩と腰が凝っとるみたいやね」

「やっぱりわかる？　昨日は男性の大柄な入居者さんが転んじゃってね、大変やったの。幸い骨は折れんで、打ち身で済んだけど」

肩こりや腰痛に対する効果は限定的でも、寝起きのマッサージは血行を良くし、気分をすっきりさせる効果がある。せっかくの休日だ。鶴子にすっきりとした寝覚めを提供出来るだけでも、マッサージをする価値はある、と泰造はいつも自分を納得させている。

「そしゃ鶴ちゃん、今晩食事にでも行くがい？」

「えっ、なに？　今日は何かの記念日やった？」

「いや、たまにはええかと思って。子どもたちのことは母ちゃんに頼んでよ」

夕方、母親に子どもたちの夕食を支度してくれるよう頼んで、鶴子と泰造は家を出た。鶴子の提案で二人は、食事の前に町を散歩することにした。櫻山八幡宮近くの自宅を出て宮川を渡り、二人は本町通を南へと進んで行く。昔ながらの商店街、とはいっても、高山には川の反対側にもっと古い商店街が存在するから、こちらは新しい商店街というべきなのだろうか。こちらは昭和の時代っぽいけれども、あちらは江戸の時代っぽい。

「ねえ、こんな風に二人でここを歩くのも、久しぶりやね。そうや、みだらし食べて行かんかえな」

「晩飯の前やよ？」

「みだらし食べたって、晩御飯は食べれるよ」

「そうやな。鶴ちゃんなら大丈夫か」

二人はそのまま本町通を南下し、鍛冶橋のたもとの団子屋を目指した。

「泰ちゃんは何本食べる?」

「俺は一本でいいよ」

「じゃあ私は、三本にしよう。すみません、みだらし四本ください」

高山では「みたらし団子」のことを「みだらし団子」と呼ぶことが多いが、このお店の場合は看板にも、店先に貼られたメニュー表にも「みたらし」と書かれている。高山のみだらしだんごは、名古屋など他の地域のそれとは少し違っていて、シンプルに言えばしょっぱい。だから泰造は、しょっぱいみたらし団子のことを「みだらし」と呼ぶのだと、長らく思っていた。ただ、この店の看板が「みたらし」であることに気づいてからは、「みだらし」はきっと方言で、この店は観光客などにもわかりやすいように、他の地方では一般的な「みたらし」という呼び方を採用しているのだろうと考えている。

泰造が一本のみだらし団子を食べ終わるまでに、鶴子は三本を食べ終えていた。鶴子は若い頃から食べることが大好きだ。それなのにあまり太らない。もちろん、ダイエットをしているところなど見たことがない。昨今あまり言われなくなったが、二人が若い頃には「幸せ太り」なる言葉をあちこちで聞いた。泰造は子どもの頃から食が細く、体型は中年となった今もやせ型だ。もし、「幸せ太り」なるものが本当にあるのならば、俺たちはずっと不幸だったということだろうか、と泰造はみだらし団子を食べて満足そうな鶴子の顔を見ながら思った。

みだらし団子を食べ終えると二人は、家族でも時々訪れる中華料理店へ向かった。建物は古いが、なかなかに立派な日本家屋。板塀で囲まれた庭は、様々な植木や庭石で飾られ、庭園風に整えられている。「中華料理」の看板がかかっていなければ、老舗の料亭かと思えるような、和の趣のある店構えである。

こんな立派な店で、泰造が時々であるとはいえ、家族と共に食事が出来るのは、ここが案外と安い価格で味の良い料理を提供しているからだ。コース料理は一人前三千円からあり、単品料理や定食のメニューも充実している。フカヒレや飛騨牛を使った高級な料理もあるが、財布と相談しながらでも、贅沢な気分を味わうことが可能なのだ。

鶴子と泰造は、庭を眺められる窓側のテーブルに席を取った。

「今日は何を食べようかね」

鶴子の目がキラキラしている。今日は別に何かの記念日でもないし、コースというよりは、定食ぐらいがちょうどいいだろうか、やっぱり麻婆豆腐の定食かな、ここの麻婆豆腐は山椒がピリッと効いていて旨いからな。泰造がそんなことを考えていると、鶴子が「よし、わたし、マーボにする！」と言いながら、なぜか右手を固く握った。

「鶴ちゃんもか。俺もちょうどそう思っとった」

「気が合うねえ」

「そうやな。でも、なんでそんなガッツポーズみたいなことするんかいな？」

「さあね。きっと気合が入ったんやさ」

鶴子は昔と変わらず、明るく元気。泰造はそのことに喜びや安心を感じるが、果たして鶴子はどんな気持ちなのだろうと考えずにはいられない。工場を畳むことになった時も、父親が亡くなった時も、鶴子は明るく、前向きな態度で、泰造を支えてくれた。家族を旅行に連れて行ったこともないのに。ダイヤモンドの一つどころかガラス玉すら、買ってやったこともないのに。

なぜ鶴子は、今日も元気で明るい？

麻婆豆腐定食が二人前運ばれてきた。麻婆豆腐の入った浅い鍋は、固形燃料の炎で熱せられ、ぐつぐついっている。あとは、小鉢にサラダ、スープ、ご飯にデザートの杏仁豆腐。鶴子は胸の前で、すでに手を合わせている。顔にはもちろん、満面の笑みが。

「さあ、泰ちゃん、いただこう」

「うん」

鶴子はもりもりと定食を片付けてゆく。泰造も少し遅いペースで食べ進めてゆく。時々目を合わせては、二人でにっこり。「幸せやなあ」と泰造は思わず呟いた。

「泰ちゃん、今なんて？」

「幸せやなあ、って」

「ふふ。わたしもやよ」

「本当けな？」

「うん」

泰造はそこで箸を置いた。鶴子が不思議そうに泰造の顔を見つめる。泰造は心の中にあることを言葉にして良いものかしばし迷ったが、思い切って口に出してみることにした。

「鶴ちゃんは本当に幸せなんか？　おれ、昨日な、家族旅行のお客さんを乗せたんや。そうしたらおれ、家族を一度も旅行に連れて行ったことないなって、気づいてな。鶴ちゃんや子どもたちに悪いことをしたな、父ちゃんや母ちゃんにもな、って思ってな。家庭のことは鶴ちゃんや母ちゃんに任して、必死で仕事したのに、結局工場を畳むことになってしまったし、タクシーの運転手になってからも、勤務時間が不規則やし、休みもそうや。鶴ちゃんにも苦労かけっぱなしやしな……」

「なんでそんなこと言うの？　夫婦やもんで、支え合うのは当たり前やよ」

「でも俺、鶴ちゃんに結婚を申し込むとき、幸せにするからって、言ったやろ。でも、苦労ばっかりかけて」

鶴子はそれを聞くと、あきれたような笑いを浮かべて、ゆっくりと口を開いた。

「あのね、泰ちゃんはいつも一生懸命やったやないの。いつまでも、うじうじするのはやめないよ。今だってなんとか暮らしは成り立っとるし、そんでええがいな」

「でも俺は、鶴ちゃんをもっと幸せにしたかったんよ。工場をちゃんと経営してな、旅行にも連れていってな、ダイヤモンドも買ってやってな。それを出来なんだ自分が、どうにもはんちくとうてな」

今度は、可笑しくてたまらない、とでも言いたげな様子で鶴子は、箸を持ったままの右手を口に当て、「あはは」と声を出して笑った。

「なんで笑うの？」

「ごめん。泰ちゃんがそんなこと考えとるなんて、ちぃとも知らんかった。あのね、わたしはそんなこと、一度も期待したことないよ。今のままで充分幸せやよ。泰ちゃんはやさしい人やし、お義母さんもわたしを大切にしてくれとる。子どもたちの面倒も見てくれるから、安心して働けるしね」

「俺がやさしいわけあるがい」

「やさしいよ。泰ちゃん、高校の時、野球部やったでしょ。ずっと補欠やったけど」

「うん。中学まで野球の経験もなかったどころか、父ちゃんとキャッチボールもしたことなかったけど、野球をどうしてもやってみたかったんや」

「泰ちゃんはよう、チームのみんなにマッサージをしてあげとったよね。マッサージの本を読んで、勉強もしとったよね。レギュラーになれる見込みもないのに、練習もサボらんで、みんなのために一生懸命やった。わたしね、泰ちゃんのこと立派やなあ、すごい人やなあって、思っとったよ」

「ああ、こわい。やめてくれや」

泰造は俯いて、頭を掻いた。

「あの時、泰ちゃんはわたしを幸せにするって言ったけど、わたしは、泰ちゃんを一生守ってあげようって思っとった。お人好しで、ちょっと頼りないけど、いつでも一生懸命な泰ちゃんをね、なんとしてもわたしが、守ってあげんとって」

「ユーミンみたいなこと、考えとったんやな」

「そやね。ユーミンの歌みたいやね。あの歌、好きやったなあ」

泰造は工場の名前の入ったポンコツのバンで、鶴子とよくドライブをしていた頃のことを思い出していた。泰造は音楽に疎かったから、ドライブ中のＢＧＭはいつも鶴子に任せていた。色々な曲を二人で聴いたけど、たしかにユーミンの曲が多かったような気がするし、あの曲もよく聴いたな。

「守ってあげたい、ってタイトルやったかな」

「そうそう。家に帰ったら久しぶりに聴いてみようか」

「そんなら今日は、寝しなにあの曲流しながら、得意のマッサージをしよがい」

泰造は顔を上げて、鶴子の顔を見つめた。今日も鶴子は笑っている。元気に、明るく笑っている。

ユーミンの歌みたいな気分なら、まあいいか、と泰造は心の中で呟いて、麻婆豆腐を口に運んだ。

麻婆豆腐はまだまだ、熱かった。

本書は書き下ろしです。

広小路 尚祈（ひろこうじ なおき）

１９７２年、愛知県岡崎市に生まれる。高校卒業後、ホテル従業員、清掃作業員、タクシー運転手、不動産業、消費者金融など、10種類以上の職種を経験する。２００７年、「だだだな町、ぐぐなおれ」が第50回群像新人文学賞優秀作に選ばれた。２０１０年、「うちに帰ろう」が第１４３回芥川賞候補、２０１１年、「まちなか」が第１４６回芥川賞候補。著書に『うちに帰ろう』（文藝春秋）、『清とこの夜』（中央公論新社）、『金貸しから物書きまで』（中公文庫）、『いつか来る季節　名古屋タクシー物語』（桜山社）、『今日もうまい酒を飲んだ』（集英社文庫）『北斗星に乗って』（桜山社）など。

装画　生田目 和剛
装丁　三矢 千穂

ある日の、あのタクシー

２０２４年７月５日　初版第１刷　発行

著　者　広小路 尚祈
発行人　江草 三四朗
発行所　桜山社
〒４６７-０８０３
名古屋市瑞穂区中山町５-９-３
電話　０５２（８５３）５６７８
ファクシミリ　０５２（８５２）５１０５
https://www.sakurayamasha.com

印刷・製本　モリモト印刷株式会社


ISBN978-4-908957-29-1 C0095

桜山社は、
今を自分らしく全力で生きている人の思いを大切にします。
その人の心根や個性があふれんばかりにたっぷりとつまり、
読者の心にぽっとひとすじの灯りがともるような本。
わくわくして笑顔が自然にこぼれるような本。
宝物のように手元に置いて、繰り返し読みたくなる本。
本を愛する人とともに、一冊の本にぎゅっと愛情をこめて、
ひとりひとりに、ていねいに届けていきます。